Martin

Valmy

de la

R. de

Monffaucon

Buttes Chaumont

Botzaris

Butte Chaumont

Fessart

Bolivar

Rue

Rue

R.

Jemappes

de la

Grange aux Belles

BELLEVILLE

Villette

Hospice St. Louis

Napoleon Docks

Faubourg du Temple

Rue

Temple

St.

B. de Belville

Rue Theatre

Maur

de la

Oberkampf

Rue

Boulevard

Republique

Boulevard

Boulevard

Richard.

Rue de Chemin Vert

Rue de Lenoir

Beaumarchais

Boul.

Boulevard

de la Roquette

Ledru

Rue

Pl. de la Bastille

Vincennes Ry. Sta.

IV

Rue Contrescarpe

Boul. Bourdon

Rue de Lyon

Boul.

Avenue

Prison

Rue

Lyons Railway Station

Bercy

Quai de la Rapee

Orlean Ry. Sta.

d'Aus

Bd.

Rapee

de Bev

Crimee

Ch.

Belleville

Rue

Serrurier

Porte des Pres St. Gervais

Ch.

Rue

Haxo

Republique

Boulevard

Rue St. Fargeau

de

de la Charonne

Rue Belgrand

CHARONNE

Ch. de

Station e Charon

Bagnole

Pyrenees d'

FONTARABIE

Rue

Petit Charon

de

Ch. de Menilmontant

Station Menilmontant

Menilmontant

Rue

de

Abattoir

R. des Amandiers

Prison

Prison

Pere la Chaise Cemetery

Chapel

Tunnel

Rue

B. Florian

des

Avenue Philippe Auguste

Menilmontant

Boulevard

de

Charonne

Voltaire

Rue de Charonne

Ch.

Rue du Faubourg

St. Antoine

Montreuil

Rue de

Place de la Nation

Cours de Vince

Avenue

Diderot

Rue de Charenton

Daumesnil

Rue de Reuilly

Rue de Picpus

Bel Air.

Av. du Bel Air.

Avenue

Boul.

de Mande

de Picpus

Bixel

Station de Bel-Air

Reuilly

MAURICE LEBLANC

ARSÈNE LUPIN

LAS OCHO CAMPANADAS DEL RELOJ

ALMA CLÁSICOS ILUSTRADOS

MAURICE LEBLANC

ARSÈNE LUPIN

LAS OCHO CAMPANADAS DEL RELOJ

Traducción de Sofía Tros de Ilarduya

Ilustrado por
Fernando Vicente

Título original: *Les Huit coups de l'horloge*

© de esta edición:
Editorial Alma
Anders Producciones S.L., 2024
www.editorialalma.com

  @almaeditorial

© de la traducción: Sofía Tros de Ilarduya

© de las ilustraciones: Fernando Vicente, 2024

Diseño de la colección: lookatcia.com
Diseño de cubierta: lookatcia.com
Maquetación y revisión: LocTeam, S.L.

ISBN: 978-84-19599-44-5
Depósito legal: B-18909-2023

Impreso en España
Printed in Spain

Este libro contiene papel de color natural de alta calidad que no amarillea (deterioro por oxidación) con
el paso del tiempo y proviene de bosques gestionados de manera sostenible.

ÍNDICE

Hace ya tiempo, Arsène Lupin me contó estas ocho aventuras; él las atribuía a un amigo suyo, el príncipe Rénine. En mi opinión, si tenemos en cuenta cómo se llevan a cabo, la forma de proceder, el comportamiento y el propio carácter del personaje, me parece imposible no identificar a los dos amigos como uno solo. Arsène Lupin es tan extravagante como para renegar de algunas de sus aventuras y apropiarse de otras que no protagonizó. Al lector le corresponderá juzgarlo.

EN LO ALTO DE LA TORRE

Hortense Daniel entreabrió la ventana y susurró:

—Rossigny, ¿está usted ahí?

—Aquí estoy —dijo una voz que subía de los macizos apiñados al pie del castillo. Hortense se asomó un poco y vio a un hombre bastante corpulento que levantaba hacia ella una cara gruesa, enrojecida, con una sotabarba muy rubia—. ¿Cómo fue? —preguntó.

—¿Cómo fue? Anoche tuve una acalorada discusión con mis tíos. Se niegan definitivamente a firmar la transacción del acuerdo que les había enviado mi notario y a devolverme la dote que mi marido dilapidó antes de que lo internaran.

—Pero su tío quiso ese matrimonio, así que, según los términos del contrato, él es el responsable subsidiario.

—Da igual. Le digo que se niega...

—¿Entonces?

—¿Entonces sigue usted decidido a raptarme? —preguntó Hortense riendo.

—Ahora más que nunca.

—Sin segundas intenciones, ¡no lo olvide!

—Como usted quiera. Sabe perfectamente que estoy loco por usted.

—Es que, desgraciadamente, yo no estoy loca por usted.

—No le pido que se vuelva loca por mí, solo que me quiera un poco.

—¿Un poco? Es usted demasiado exigente.

—¿Y por qué me eligió a mí?

—Por las circunstancias. Me aburría... No había nada inesperado en mi vida... Así que me lanzo a la aventura... Tenga mis maletas. —Hortense deslizó unas bolsas de viaje de cuero, enormes, y Rossigny las agarró—. La suerte está echada —murmuró—. Espéreme con el coche en el cruce de If. Yo iré a caballo.

—¡Demonios! Pero no puedo llevarme su caballo.

—El caballo volverá solo.

—¡Perfecto! ¡Ah!, por cierto...

—¿Qué ocurre?

—¿Quién es el príncipe Rénine? Lleva tres días aquí y nadie lo conocía antes.

—No lo sé. Mi tío coincidió con él cazando en casa de unos amigos y lo invitó a venir.

—Usted le gusta mucho. Ayer estuvieron un buen rato paseando. No me agrada ese hombre.

—Dentro de dos horas me habré ido del castillo con usted. Será un escándalo que probablemente desaliente a Serge Rénine. Y ya basta de charlas. No tenemos tiempo que perder.

Durante unos minutos, Hortense se quedó mirando al robusto Rossigny, que se alejaba ocultándose por un camino desierto, doblado por el peso de las bolsas de viaje, y luego cerró la ventana.

Fuera, a lo lejos, en el jardín, una fanfarria de cuernos de caza tocaba diana. La jauría estalló en ladridos feroces. Esa mañana se inauguraba la temporada de caza en el castillo de La Marèze. Todos los años, a principios de septiembre, los condes de Aigleroche —él, un magnífico cazador— congregaban a algunos amigos y a los señores de los alrededores.

Hortense acabó lentamente de asearse, se puso un traje de amazona que realzaba su figura delgada, se colocó un sombrero de ala ancha sobre el cabello pelirrojo, que resaltaba su belleza, y se sentó en su secreter para escribir a su tío, el señor de Aigleroche, una carta de despedida que mandaría entregar por la noche. La carta era complicada y la empezó varias veces hasta que, al final, desistió.

«Le escribiré más adelante —pensó—, cuando se le haya pasado el enfado». Y se dirigió al comedor principal.

En el hueco de la chimenea ardían unos leños. Las paredes estaban decoradas con panoplias de escopetas y carabinas. Los invitados llegaban de todas partes e iban a estrechar la mano al conde de Aigleroche, el típico señor de campo, de aspecto fuerte y aires de importancia, que solo vivía para la caza. El conde estaba de pie delante de la chimenea, con una gran copa de refinado champán en la mano, brindando.

Hortense le dio un beso distraída.

—¡Vaya, tío! Con lo sobrio que es usted normalmente.

—¡Bah! —respondió—. Una vez al año uno puede permitirse algún exceso, ¿no?

—La tía le reñirá.

—Tu tía tiene migraña y no bajará. Además —añadió con un tono huraño—, esto no es asunto suyo y mucho menos tuyo, pequeña.

El príncipe Rénine se acercó a Hortense. Era un hombre joven, muy elegante, de cara delgada, un poco pálida, y con una expresión en los ojos que alternaba dulzura y dureza, amabilidad e ironía.

El príncipe se inclinó delante de la joven, le besó la mano y le dijo:

—¿Tengo que recordarle su amable promesa, querida señora?

—¿Mi promesa?

—Sí, quedamos en repetir el agradable paseo de ayer e intentar visitar el viejo caserón con las puertas atrancadas que nos intrigó. Parece ser que se llama el castillo de Halingre.

—Lo siento mucho, señor, pero la excursión sería larga y estoy un poco cansada. Daré una vuelta por el jardín y volveré a casa —respondió Hortense con algo de frialdad.

Se hizo un silencio entre ellos y Serge Rénine, sonriendo, con los ojos clavados en los de la joven, dijo de manera que solo lo oyera ella:

—Estoy seguro de que cumplirá su palabra y aceptará mi compañía. Es preferible así.

—Preferible ¿para quién? Para usted, ¿verdad?

—Para usted también, se lo aseguro.

Hortense se sonrojó ligeramente y respondió:

—Señor, no lo entiendo.

—Pues no le he planteado ningún acertijo. El camino es encantador y la finca Halingre, interesante. Ningún otro paseo le resultará tan agradable como ese.

—Señor, no está usted falto de vanidad.

—Ni de obstinación, señora.

Hortense hizo una mueca de enojo, pero no se dignó a responder. Le dio la espalda, estrechó la mano a algunas personas de su alrededor y salió de la habitación.

Al pie de la escalera de entrada, un mozo sujetaba su caballo. La joven lo montó y se fue hacia el bosque que estaba después del jardín.

La mañana era fresca y tranquila. Entre las hojas que apenas se movían se veía un cielo azul transparente. Hortense siguió al paso por unos senderos sinuosos que la llevaron, al cabo de media hora, a una zona de barrancos y cornisas que pasaba junto a la carretera general.

Se detuvo. No se oía nada. Rossigny debía de haber apagado el motor y escondido el coche entre la maleza que rodeaba el cruce de If.

A lo sumo, estaba a quinientos metros del cruce. Dudó un instante y, después, desmontó, ató las riendas del caballo muy flojas, para que pudiera soltarse sin ningún esfuerzo y regresar al castillo, se cubrió el rostro con un velo largo de color marrón que le flotaba sobre los hombros y siguió adelante.

No se había equivocado. En la primera curva del camino vio a Rossigny. El hombre corrió hacia ella y la arrastró al monte bajo.

—Rápido, rápido. ¡Ay! ¡Qué miedo tenía de que se retrasara o hubiese cambiado de opinión! ¡Y aquí está! ¿Será un sueño?

Hortense sonrió.

—¡Qué feliz le hace cometer una estupidez!

—¡Sí, soy feliz! Y usted también lo será, ¡se lo juro!

—Quizá, ¡pero yo no cometeré ninguna estupidez!

—Usted hará lo que se le antoje, Hortense. Su vida será un cuento de hadas.

—¡Y usted el príncipe azul!

—Tendrá todos los lujos, toda la riqueza...

—No quiero ni lujos ni riqueza.

—Entonces, ¿qué?

—Felicidad.

—De su felicidad respondo yo.

—Dudo un poco del nivel de felicidad que tendré con usted —bromeó la joven.

—Ya verá... Ya verá...

Habían llegado al coche. Rossigny arrancó el motor mientras farfullaba palabras de alegría. Hortense se subió y se cubrió con un abrigo amplio. El coche siguió entre la hierba por un camino estrecho que desembocaba en el cruce. De pronto, cuando Rossigny empezaba a acelerar, tuvo que frenar.

Un disparo había restallado en el bosque, a la derecha. El coche iba de un lado a otro.

—Es un pinchazo de la rueda delantera —dijo Rossigny saltando del coche.

—¡No, en absoluto! —gritó Hortense—. Nos han disparado.

—¡Imposible, querida amiga! ¡Pero qué dice usted!

En ese mismo momento, sintieron dos ligeros impactos y oyeron otras dos detonaciones consecutivas, bastante lejos, también en el bosque.

—Las ruedas traseras pinchadas... Pero, maldita sea mi suerte, ¿quién es el sinvergüenza...? ¡Si lo tuviera delante...! —murmuró Rossigny rechinando los dientes. Subió el talud que bordeaba la carretera. No vio a nadie. De hecho, las hojas del monte bajo impedían ver lo que fuera—. ¡Maldición de maldiciones! —juró—. Usted tenía razón, Hortense, ¡han disparado al coche! ¡Ay, lo que faltaba! ¡No podremos movernos en horas! ¡Reparar tres neumáticos! Pero, querida amiga, ¿qué hace usted?

La joven también bajó del coche y corrió hacia él muy alterada.

—Me voy...

—Pero ¿por qué?

—Alguien nos ha disparado. ¿Quién? Quiero saber quién nos ha disparado.

—No nos separemos, se lo suplico.

—¿Cree usted que voy a quedarme aquí horas esperando?

—¿Y nuestra huida? ¿Nuestros planes?

—Mañana..., ya lo hablaremos. Regrese al castillo y lleve mi equipaje...

—Se lo ruego, se lo ruego... Parece estar molesta conmigo, pero no es culpa mía.

—No estoy molesta. Aunque, caray, cuando alguien rapta a una mujer, querido, no pincha. Hasta luego. —Hortense se fue a toda prisa; tuvo la suerte de encontrar su caballo y salió al galope en dirección contraria a La Marèze. No tenía la menor duda: el príncipe Rénine había disparado los tres tiros...—. Ha sido él —murmuró con rabia—. Ha sido él... Solo él es capaz de hacer algo así...

Además, ¿no se lo había advertido sonriendo con autoridad?: «Vendrá, estoy seguro... La espero».

Lloró de rabia y humillación. Si en ese momento hubiera tenido enfrente al príncipe Rénine lo habría golpeado con la fusta.

Delante de Hortense se extendía la agreste y pintoresca comarca, conocida como la pequeña Suiza, que corona el departamento de Sarthe por el norte. A menudo, las duras pendientes la obligaban a reducir el paso, sobre todo porque aún tenía que recorrer unos diez kilómetros para llegar a donde se había propuesto. Pero, aunque el primer impulso se había mitigado y el esfuerzo físico la iba calmando poco a poco, seguía igual de indignada con el príncipe Rénine. Le reprochaba no solo el acto incalificable que había cometido, sino también su comportamiento con ella desde hacía tres días: sus atenciones, su seguridad y sus aires de excesiva cortesía.

Se acercaba. En lo más bajo de un valle, detrás de un muro viejo muy agrietado, cubierto de musgo y hierbajos, se veía el torreón de un castillo y unas cuantas ventanas cerradas con postigos. Era el castillo de Halingre.

Siguió el muro y giró. Serge Rénine la esperaba de pie, junto a su caballo, en el centro de la medialuna que se formaba en la puerta de entrada.

Hortense desmontó y, cuando el príncipe se le acercaba con el sombrero en la mano, dándole las gracias por haber ido, dijo en voz muy alta:

—Señor, antes que nada, quiero hablar con usted. Hace un rato ha ocurrido algo inexplicable. Alguien ha disparado tres veces al coche en el que yo estaba. ¿Ha sido usted?

—Sí.

Hortense se quedó boquiabierta.

—Así que ¿lo confiesa?

—Señora, usted me hace una pregunta y yo la respondo.

—Pero ¿cómo se atreve? ¿Con qué derecho?

—No he ejercido ningún derecho, señora, he cumplido un deber.

—¿De verdad? ¿Y qué deber?

—El deber de protegerla de un hombre que intenta aprovecharse de su sufrimiento.

—Señor, le prohíbo que hable así. Yo soy responsable de mis actos y tomé la decisión con total libertad.

—Señora, esta mañana escuché su conversación con el señor Rossigny en la ventana y no me pareció encantada de irse con él. Reconozco la violencia y el mal gusto de mi comportamiento y le pido perdón humildemente, pero, aun a riesgo de parecer un patán, he querido proporcionarle unas cuantas horas para que reflexione.

—Lo tengo todo pensado, señor. Cuando tomo una decisión, no cambio de opinión.

—Algunas veces sí, señora, porque ahora está aquí y no allí.

La joven vivió un momento incómodo. Ya no sentía rabia. Miraba a Rénine con esa admiración que provocan algunas personas diferentes, más capaces de actos insólitos, más generosas y más altruistas. Era perfectamente consciente de que el príncipe actuaba sin motivos ocultos ni premeditación, solo, como él decía, por el deber que tiene un hombre noble con una mujer que se equivoca de camino.

—Sé muy poco de usted, señora, pero lo bastante como para querer serle útil. Tiene veintiséis años y es huérfana. Hace siete años se casó con el sobrino político del conde de Aigleroche, un hombre bastante estrambótico y medio loco, al que tuvieron que encerrar. Por eso no puede usted divorciarse y, como su marido dilapidó su dote, se ve obligada a vivir con su tío y a su costa. Su entorno es triste, el conde y la condesa no compaginan. Hace mucho tiempo, la primera mujer del conde lo abandonó y se fugó con el primer marido de la condesa. Los esposos abandonados unieron sus destinos por despecho, pero en ese matrimonio solo ha habido decepciones y resentimiento. Y usted sufre las consecuencias: una vida monótona, mediocre y solitaria durante once meses al año. Un día, conoció al señor Rossigny, que se enamoró de usted y le propuso fugarse con él. Usted no lo ama, pero el hastío, el ver cómo se acaba su juventud, la necesidad de algo inesperado en su vida, el deseo de aventura... En resumen, aceptó la propuesta con la clarísima intención de rechazar a su pretendiente y la esperanza algo ingenua de que el escándalo obligaría a su tío a ajustar cuentas con usted y a asegurarle un modo de vida independiente. Y esta es su situación. Ahora tiene que elegir: o ponerse en manos del señor Rossigny... o confiarse a mí —le dijo con mucha delicadeza.

Hortense lo miró. ¿Qué quería decir? ¿Qué significaba esa propuesta que le había hecho con mucha seriedad, como un amigo que solo quiere ayudarla?

Tras un breve silencio. Rénine sujetó de la brida a los caballos y ató las riendas. Después, examinó la puerta: era muy pesada y cada uno de los batientes estaba reforzado con unas planchas clavadas en forma de cruz. Un cartel electoral, de veinte años atrás, dejaba claro que nadie desde entonces había cruzado las puertas del castillo.

Rénine arrancó un poste de hierro de la verja que rodeaba la medialuna y lo utilizó de palanca. Las planchas roñosas cedieron. Una dejó al descubierto la cerradura, a la que Rénine se enfrentó con una navaja gruesa, multiusos. En un minuto abrió la puerta y vieron un suelo de helechos y una especie de mirador construido sobre una torre, entre cuatro pináculos en las esquinas, que dominaba un edificio alargado en ruinas.

El príncipe se volvió hacia Hortense.

—Nada le urge —dijo, siguiendo la conversación—. Esta noche, tome una decisión, y si el señor Rossigny consigue convencerla otra vez, le juro por mi honor que nunca más me cruzaré en su camino. Hasta entonces, déjeme disfrutar de su compañía. Ayer decidimos explorar este castillo, pues hagámoslo, ¿quiere? Es una manera como otra cualquiera de pasar el tiempo y creo que esta será interesante.

Hablaba de una forma que exigía obediencia. Parecía ordenar e implorar a la vez. Hortense ni siquiera intentó sacudir el entumecimiento en el que se sumía su voluntad poco a poco. Siguió a Rénine hasta otra puerta, también reforzada con unas planchas en forma de cruz, que estaba en lo alto de una escalinata medio derruida. Rénine repitió la operación. Entraron en un vestíbulo amplio, enlosado en blanco y negro, amueblado con aparadores antiguos y sillas de coro de iglesias y decorado con un blasón de madera, donde se veían los restos de un escudo de armas, con un águila aferrada a un bloque de piedra, todo cubierto por una cortina de telarañas que colgaba de una puerta.

—La puerta del salón, evidentemente —comentó Rénine. Abrirla resultó más complicado y solo lo consiguió dando fuertes empujones con un hombro. Hortense no había dicho ni palabra. Observaba estupefacta la serie de allanamientos que Rénine llevaba a cabo con auténtica maestría. El príncipe le adivinó el pensamiento, se volvió hacia ella y le dijo en un tono serio—: Esto es un juego de niños para mí. He sido cerrajero.

Hortense lo sujetó del brazo.

—Escuche —susurró.

—¿Qué? —preguntó Rénine. Hortense le apretó más fuerte el brazo exigiendo silencio. Casi inmediatamente, el príncipe dijo, también susurrando—: Es verdad, ¡qué extraño!

—Escuche, escuche —repitió Hortense atónita—. ¿Cómo puede ser?

Cerca de donde estaban se oía un ruido seco, un golpecito que se repetía a intervalos regulares, y solo con prestar atención distinguieron el tictac de un reloj. ¡Claro que sí! Eso era lo que acompasaba el tremendo silencio que reinaba en la oscuridad del salón, por supuesto, el tictac muy lento, rítmico como el balanceo de un metrónomo, que producía un pesado reloj de péndulo de bronce. ¡Eso era! Y no había nada en el mundo que pudiera impresionarlos más que la pulsación lenta de un pequeño mecanismo que, por algún milagro, por algún fenómeno inexplicable, seguía vivo dentro de la muerte del castillo.

—Pero —susurró Hortense, que no se atrevía a hablar en voz alta—, ¿habrá entrado alguien?

—No, nadie.

—¿Y no es imposible que el reloj siga veinte años funcionando sin que nadie le dé cuerda?

—Es imposible.

—¿Entonces?

Serge Rénine abrió las tres ventanas forzando los postigos. Efectivamente, estaban en el salón, un salón del todo ordenado, con las sillas en su sitio, en el que no faltaba ni un mueble. Las personas que vivían allí, que habían convertido esa habitación en la más íntima de la casa, se marcharon sin llevarse nada: ni los libros que estaban leyendo ni los pequeños objetos decorativos de las mesas o de las consolas. Rénine examinó el viejo reloj, que estaba encerrado en una montura alta de madera tallada, con un cristal ovalado, que dejaba al descubierto el disco del péndulo. Lo abrió: los pesos, colgados de unas cuerdas, estaban al final de su recorrido. En ese momento se oyó un chasquido. El reloj dio las ocho, con un sonido grave, que Hortense jamás olvidaría.

—¡Esto es increíble! —susurró Hortense.

—Completamente increíble, tiene razón —aseguró Rénine, porque el mecanismo, muy sencillo, apenas permitía que el reloj siguiera en marcha una semana.

—¿Y no ve nada raro?

—No, nada..., a no ser... —Rénine se inclinó, sacó de la montura del reloj un tubo de metal, que ocultaban los pesos, y lo llevó hacia la luz de la ventana—. Es un catalejo —dijo pensativo—. ¿Por qué lo esconderían aquí? Y lo dejaron completamente extendido... ¡Es muy raro! ¿Qué significa?

El reloj, como suele ser, volvió a tocar una segunda vez. Sonaron ocho campanadas. Rénine cerró la montura y, sin soltar el catalejo, siguió examinado el salón. Una amplia cristalera lo comunicaba con otra habitación más pequeña, una especie de sala para fumar, también con todos los muebles, aunque había un armero de escopetas vacío. Y, junto a él, colgado en la pared, un calendario marcaba el 5 de septiembre.

—¡Vaya! —exclamó Hortense desconcertada—. ¡La misma fecha de hoy! Arrancaron las hojas del calendario hasta el 5 de septiembre... Hoy es el aniversario. ¡Qué increíble coincidencia!

—Increíble —repitió el príncipe—. El aniversario del día que se marcharon las personas que vivían aquí hace veinte años...

—Reconozca —dijo Hortense— que todo esto es incomprensible.

—Sí, por supuesto. Pero, aun así...

—¿Se le ocurre algo?

—Lo que más me intriga —respondió Rénine, al cabo de unos segundos— es que escondieran el catalejo..., que lo tiraran ahí en el último momento... ¿Para qué lo utilizarían? Desde las ventanas de la planta baja solo se ven los árboles del jardín, y probablemente desde las otras, igual... Estamos en un valle sin horizonte. Para utilizar este instrumento habría que subir a lo más alto del castillo. ¿Quiere usted que vayamos?

Hortense ni lo dudó. El misterio que ocultaba toda la aventura le despertaba una enorme curiosidad, así que solo pensaba en seguir a Rénine y ayudarlo a investigar. De manera que subieron la escalera principal y llegaron a la segunda planta; allí, desde una plataforma, arrancaba la escalera de caracol que llevaba al mirador. Arriba había una terraza descubierta, pero rodeada por un parapeto de más de dos metros de altura.

—Antiguamente, esto debía de estar almenado, pero luego rellenaron los huecos —señaló el príncipe Rénine—. Mire, aquí antes había troneras y las han tapiado.

—Bueno, da igual —dijo Hortense—, porque aquí el catalejo tampoco sirve de nada, así que solo nos queda volver a bajar.

—Yo no opino lo mismo —respondió Rénine—. Por lógica, aquí habría vistas al campo y, también por lógica, quien fuera habría utilizado el catalejo desde aquí.

Rénine se levantó a pulso hasta el borde del parapeto y comprobó que se veía todo el valle: el jardín con unos árboles muy altos que limitaban el horizonte y, a lo lejos, a unos setecientos u ochocientos metros, al final de una brecha del terreno en una colina arbolada, otra torre en ruinas, muy baja, cubierta de yedra.

Rénine volvió a inspeccionar el parapeto. Al parecer, creía que todo el problema se reducía al uso del catalejo y que, si conseguían descubrir cómo lo utilizaban, resolverían el problema inmediatamente.

Examinó las troneras de una en una. Se centró sobre todo en una por su situación y vio que en medio de la capa de yeso que la condenaba había un agujero lleno de tierra, donde crecían hierbajos.

Arrancó las plantas, quitó la tierra y apareció un orificio de lado a lado del yeso, de unos veinte centímetros de diámetro. Se inclinó y comprobó que el hueco, estrecho y profundo, dirigía necesariamente la mirada por encima de las copas apiñadas de los árboles, siguiendo la brecha de la colina, hasta la torre de yedra.

En la parte inferior del agujero había una especie de ranura, como un surco, donde encajaba el catalejo con tanta precisión que era imposible moverlo lo más mínimo ni a la derecha ni a la izquierda...

Rénine puso el ojo en el catalejo después de haber limpiado la parte exterior de las lentes con mucho cuidado para no alterar el punto de mira.

Estuvo mirando atentamente, en silencio, unos treinta o cuarenta segundos. Luego, se levantó y con una voz alterada dijo:

—Es horrible..., francamente horrible...

—¿Qué pasa? —preguntó Hortense muy intrigada.

—Mire...

La joven se inclinó, pero no veía la imagen clara. Tuvieron que regular el instrumento.

—Lo que se ve arriba son dos espantapájaros, ¿verdad? ¿Y qué hacen ahí? —dijo casi inmediatamente dando un respingo.

—Mire —insistió Rénine—. Mire con más atención. Debajo de los sombreros..., las caras.

—¡Madre mía! —exclamó, tambaleándose—. ¡Qué horror!

El área de la lente ofrecía un espectáculo recortado en círculo, como una proyección luminosa: la plataforma de una torre troncocónica, cuyo muro, más alto en la parte alejada, formaba como un telón de fondo, de donde brotaban olas de yedra. Delante, en medio de una maraña de arbustos, dos seres humanos, un hombre y una mujer apoyados, derribados en unas piedras caídas. Pero ¿podía llamarse hombre y mujer a esas dos formas, a esos dos maniquíes siniestros que llevaban ropa y restos de sombrero, pero ya no tenían ojos ni mejillas ni mentón ni un ápice de carne y eran, simple y llanamente, dos esqueletos?

—Dos esqueletos —balbuceó Hortense—. Dos esqueletos vestidos. ¿Quién los llevó ahí?

—Nadie.

—¿Cómo...?

—Ese hombre y esa mujer debieron de morir, hace años y años, en lo alto de la torre. La carne se ha descompuesto debajo de la ropa, los cuervos los han devorado...

—¡Es espantoso! ¡Espantoso! —dijo Hortense, completamente pálida y con una mueca de asco en la cara.

Media hora más tarde, Hortense Daniel y Serge Rénine abandonaron el castillo de Halingre. Antes de marcharse, habían ido a la torre de yedra, que eran vestigios de una torre del homenaje, tres cuartas partes derruida, y estaba vacía por dentro. En una época relativamente reciente, se debía subir a la torre por escalas y escaleras de madera, cuyos restos estaban esparcidos por el suelo. La torre se adosaba al muro que marcaba el final de la propiedad.

Curiosamente, y aquello sorprendió a Hortense, el príncipe Rénine no quiso continuar una investigación más exhaustiva, como si el asunto ya no le interesara en absoluto. Ni siquiera habló de lo que habían visto y, cuando entraron a comer algo en el mesón de la primera aldea que encontraron, fue Hortense la que preguntó al mesonero por el castillo abandonado. No sirvió de nada, porque el hombre, un recién llegado, no pudo darles ninguna información. Ni siquiera conocía el nombre del propietario.

Se pusieron en marcha hacia La Marèze. Hortense recordó varias veces el repugnante espectáculo que habían visto. Y, sin embargo, Rénine, muy contento y amable con ella, parecía completamente indiferente.

—Bueno, ¿y ahora qué hacemos? —dijo Hortense, que ya había perdido la paciencia—. ¡No podemos quedarnos como si nada! Necesitamos una solución.

—Es cierto —respondió Rénine—, necesitamos una solución. Usted tiene que decidirse y el señor Rossigny debe saber a qué atenerse.

—¡Ah! Ahora se trata de eso. En un día como hoy...

—¿En un día como hoy?

—De lo que se trata es de saber qué les ha pasado a esos dos cadáveres.

—Pero Rossigny...

—Rossigny esperará. Yo, al contrario, no puedo esperar.

—De acuerdo. Sobre todo porque, a lo mejor, aún no ha conseguido reparar los neumáticos. Pero ¿qué le dirá? Eso es lo fundamental.

—Lo fundamental es lo que hemos visto. Me ha puesto un misterio delante y, al margen de eso, todo lo demás me importa un bledo. Vamos a ver, ¿qué piensa usted hacer?

—¿Qué pienso hacer?

—Sí, hemos encontrado dos cadáveres... ¿Va a presentar una denuncia en el juzgado?

—¡Cielo santo! —respondió riendo—. ¿Para qué?

—Aquí hay un misterio que debemos esclarecer a toda costa. Es una tragedia espantosa.

—Pero para eso no necesitamos a nadie.

—¡Cómo! ¿Qué dice? ¿Entiende usted algo de todo esto?

—¡Dios mío! Aproximadamente como si hubiera leído en un libro la historia relatada al detalle y con ilustraciones explicativas. ¡Es muy simple!

Hortense lo miró por el rabillo del ojo. Creía que se estaba burlando de ella, aunque parecía hablar muy en serio.

—¿Y entonces? —preguntó la joven estremecida.

Empezaba a anochecer. Habían cabalgado rápidamente y cuando se acercaron a La Marèze, los cazadores ya estaban de vuelta.

—Pues vamos a completar la información con gente que haya vivido en esta tierra. ¿Conoce usted a alguien que pueda decirnos algo?

—Mi tío. Nunca ha salido de aquí.

—Perfecto. Le preguntaremos al señor de Aigleroche y ya verá usted como todos los hechos se encadenan con una lógica aplastante. Cuando tienes el primer eslabón, quieras o no, estás obligado a llegar al último. Y es de lo más divertido que hay.

Se separaron en el castillo. Hortense encontró su equipaje y una nota furiosa de Rossigny en la que se despedía y le decía que se marchaba.

«Bien —pensó Hortense—, este ridículo individuo ha encontrado la mejor solución».

La joven se había olvidado de todo: de su coqueteo con Rossigny, de la fuga y de sus planes. Rossigny le parecía mucho más ajeno a su vida que el desconcertante Rénine que, unas pocas horas antes, le despertaba muy poca simpatía.

Rénine llamó a su puerta.

—Su tío está en la biblioteca. ¿Quiere acompañarme? Me espera. —Hortense lo siguió y el príncipe añadió—: Y algo más. Esta mañana, cuando he entorpecido sus planes y le he suplicado que confiara en mí, también he adquirido un compromiso con usted que no quiero tardar mucho en cumplir; ahora va a ver la prueba tangible.

—Usted solo tiene un compromiso conmigo —respondió la joven riendo—, el de satisfacer mi curiosidad.

—Quedará satisfecha —le aseguró muy serio— y, si el señor de Aigleroche confirma lo que pienso, mucho más de lo que pueda imaginar.

Efectivamente, el señor de Aigleroche estaba solo, fumando una pipa y con un vaso de jerez. Le ofreció uno a Rénine, pero él lo rechazó.

—¿Y tú, Hortense? —le preguntó con la lengua un poco pastosa—. Ya sabes que aquí no tenemos muchas ocasiones para divertirnos, salvo estos días de septiembre. Aprovecha. ¿Ha sido agradable el paseo con Rénine?

—Precisamente, querido amigo, me gustaría hablar con usted de este asunto —lo interrumpió el príncipe.

—Usted me perdonará, pero dentro de diez minutos tengo que ir a la estación a recoger a una amiga de mi mujer.

—Bueno, con diez minutos tengo de sobra.

—Justo el tiempo de fumarnos un cigarrillo. ¿Quiere usted?

—Ni un minuto más.

Rénine sacó un cigarrillo de la pitillera que le ofrecía Aigleroche, lo encendió y le dijo:

—¡Fíjese! Paseando hemos llegado por casualidad a una antigua finca que, evidentemente, usted sabrá cuál es: ¿conoce el castillo de Halingre?

—Desde luego. Pero creo que está cerrado y atrancado desde hace un cuarto de siglo. ¿Pudieron entrar?

—Sí.

—¡Vaya! ¿Una visita interesante?

—Muchísimo. Descubrimos cosas muy extrañas.

—¿Qué cosas? —preguntó el conde mirando el reloj.

—Habitaciones atrancadas, un salón ordenado como si vivieran a diario y un reloj de péndulo que, milagrosamente, tocó las horas cuando llegamos —dijo Rénine.

—Muchos pequeños detalles —murmuró Aigleroche.

—Sí, y algo más. Subimos al mirador y desde allí vimos, en una torre alejada del castillo, dos cadáveres, dos esqueletos, mejor dicho, un hombre y una mujer aún con la ropa que llevaban cuando los asesinaron...

—¡Bueno, bueno! ¿Cuando los asesinaron...? Eso será una simple suposición...

—No, una realidad; y hemos venido a molestarle para hablar de eso. Una tragedia que, precisamente, debe de remontarse a unos veinte años atrás, ¿no se comentó nada en aquella época?

—¡Pues no! —aseguró el conde de Aigleroche—. Nunca he oído hablar de ningún crimen ni de nadie que desapareciera.

—¡Vaya! —dijo Rénine, que parecía un poco desconcertado—. Esperaba que usted nos diera alguna información.

—Lo siento.

—Si es así, perdóneme. —Consultó a Hortense con la mirada y se dirigió hacia la puerta. Pero cambió de opinión y añadió—: ¿Al menos, podría usted, querido amigo, ponerme en contacto con alguien de su entorno, con alguien de su familia que pudiera saber algo?

—¿De mi familia? ¿Por qué?

—Porque el castillo de Halingre fue de los Aigleroche,[1] y probablemente aún seguirá siéndolo. En el escudo de armas se ve un águila en un bloque de piedra, en una roca. E, inmediatamente, establecí la relación.

En ese momento, el conde pareció sorprenderse. Apartó la botella y el vaso y dijo:

—¿Qué me dice usted? Desconocía ese parentesco.

Rénine negó con la cabeza sonriendo y soltó:

—Estaría más dispuesto a creer, querido amigo, que no está ansioso por admitir algún tipo de parentesco con ese propietario desconocido.

—Entonces, ¿es un hombre poco recomendable?

—Es un asesino, así de simple.

—¿Cómo?

El conde se había levantado. Hortense, muy impresionada, preguntó a Rénine:

—¿De verdad está usted seguro de que hubo un crimen y de que el crimen lo cometió alguien del castillo?

—Completamente seguro.

—¿Y por qué esa convicción?

—Porque sé quiénes fueron las dos víctimas y el motivo del asesinato.

El príncipe lo decía con una seguridad que, oyéndolo, cualquiera creería que se basaba en pruebas muy sólidas.

El señor de Aigleroche dio unas vueltas por la habitación con las manos en la espalda, hasta que acabó reconociendo:

—Siempre he tenido el presentimiento de que en ese castillo había pasado algo, pero nunca me preocupé por saber... Sí, es cierto, hace veinte años, un pariente mío, un primo lejano, vivía en el castillo de Halingre. Por el buen nombre de mi familia, espero que esta historia, que, repito, no conocía, pero sospechaba, siga oculta.

—¿Así que su primo cometió el asesinato?

—Sí, se vio obligado a hacerlo.

Rénine negó con la cabeza.

---

1   El nombre de Aigleroche se compone de las palabras *aigle,* «águila», y *roche,* «roca». *(N. de la T.)*

—Querido amigo, lamento rectificar esa frase. La verdad es que su primo, muy al contrario, asesinó fría y cobardemente. No conozco ningún crimen que se haya planeado con más sangre fría e hipocresía.

—¿Qué sabe usted de eso?

Había llegado el momento de que Rénine se explicara, un momento importante, de mucha angustia, cuya gravedad Hortense comprendía, aunque aún no hubiera adivinado nada del drama que el príncipe iba desvelando poco a poco.

—La historia es muy simple —dijo—. Todo nos lleva a pensar que ese señor de Aigleroche estaba casado, que por los alrededores de la finca Halingre vivía otra pareja y que ambos matrimonios eran amigos. ¿Qué ocurrió? ¿Quién de esas cuatro personas fue la primera en enturbiar la relación de los dos matrimonios? No sabría decirlo. Pero lo que inmediatamente se le pasa a uno por la cabeza es que la mujer de su primo, la señora de Aigleroche, se veía con el otro marido en la torre de yedra. Su primo, al corriente de la aventura, decidió vengarse, pero sin escándalo y sin que nadie supiera jamás que había matado a los culpables. Pues bien, su primo se había dado cuenta, como pronto me di yo, de que en el castillo había un lugar, el mirador, desde el que se veía la torre, que está a ochocientos metros de distancia, por encima de los árboles y el relieve del jardín, y de que solo desde ahí se veía lo más alto de la torre. Así que hizo un agujero en el parapeto, en una antigua tronera condenada, y desde allí observaba los encuentros de los dos culpables, con un catalejo que colocaba exactamente en el canal que había preparado. Y también desde allí, el domingo 5 de septiembre, un día que en el castillo no había nadie, mató a los amantes con dos tiros de escopeta.

La verdad salía a la luz. La claridad luchaba contra las tinieblas. El conde murmuró:

—Sí, eso es lo que debió de pasar... Así es como mi primo...

—El asesino —continuó Rénine— tapó cuidadosamente la tronera con un terrón de tierra. ¿Quién iba a saber que dos cadáveres se descomponían en lo alto de una torre a la que nadie iba jamás, cuando, además, por mayor precaución, el primo destruyó las escaleras de madera? Lo único que al primo le quedaba por hacer era explicar la desaparición de su mujer y la de su amigo. Eso tenía fácil explicación. Los acusó de haberse fugado juntos.

Hortense se sobresaltó. De pronto, como si la última frase hubiera sido una auténtica revelación, completamente inesperada para ella, comprendió a dónde quería llegar Rénine.

—¿Qué quiere decir?

—Que el señor de Aigleroche acusó a su mujer y a su amigo de haberse fugado juntos...

—No, no —gritó la joven—, no, me niego a aceptar... Hablamos de un primo de mi tío... Entonces, ¿por qué mezcla las dos historias?

—¿Por qué mezclo esta historia con otra que sucedió en aquella época? —respondió el príncipe—. Pero, si no las mezclo, querida amiga, solo hay una historia y la cuento tal y como ocurrió. —Hortense miró a su tío. Este guardaba silencio, con los brazos cruzados y la cabeza en la sombra que formaba la pantalla de la lámpara. ¿Por qué no protestaba? Rénine continuó con rotundidad—: Solo hay una historia. La misma noche del 5 de septiembre, a las ocho, el señor de Aigleroche, probablemente con la excusa de ir en busca de los fugitivos, fue al castillo y lo atrancó. Se marchó, dejando todas las habitaciones como estaban y llevándose únicamente las escopetas del armero. En el último minuto, tuvo el presentimiento, hoy justificado, de que si alguien encontraba el catalejo, que había desempeñado una función muy importante en la planificación del crimen, el mismo catalejo podría servir de punto de partida para una investigación, y lo tiró dentro del marco del reloj, donde la suerte quiso que interrumpiera el movimiento del péndulo. Este gesto mecánico, todos los criminales hacen alguno necesariamente, lo traicionaría veinte años más tarde. Los golpes que di esta mañana para romper la puerta del salón desbloquearon el péndulo. El reloj volvió a ponerse en marcha, sonaron las ocho y... encontré el hilo de Ariadna que iba a guiarme por el laberinto.

Hortense balbuceó:

—¡Pruebas! ¡Pruebas!

—¿Pruebas? —respondió Rénine levantando la voz—. Abundan y usted las conoce igual que yo. ¿Quién sino un experto tirador, un apasionado de la caza, podría matar a ochocientos metros de distancia? ¿Verdad, señor de Aigleroche? ¿Pruebas? ¿Por qué no se llevaron nada del castillo, nada, salvo las escopetas, unas escopetas que un apasionado de la caza no podía dejar? Señor de Aigleroche, ¿son las escopetas que están en la panoplia? ¿Pruebas? ¿Dejó la fecha del 5 de septiembre, la del crimen, un recuerdo tan espantoso al asesino, que todos los años en esa misma época, y solo en esa, se rodea de diversión, y todos los años, el 5 de septiembre olvida su habitual sobriedad? Pues bien, hoy es 5 de septiembre. ¿Pruebas? Si no hubiera más, ¿no le basta con esta?

Rénine señaló con el brazo al conde de Aigleroche que, ante el terrorífico recuerdo del pasado, acababa de derrumbarse en el sofá y ocultaba la cara con las manos.

Hortense no puso ninguna objeción. Nunca había querido a su tío o, más bien, al tío de su marido. Inmediatamente, admitió la acusación que Rénine cargaba contra él.

Transcurrió un minuto.

El señor de Aigleroche se sirvió, uno tras otro, dos vasos de jerez y, uno tras otro, los vació. Luego se levantó y se acercó a Rénine.

—Sea o no verdad esa historia, señor, no puede llamarse criminal a un marido que venga su honor y elimina a la esposa infiel.

—Bueno —contestó Rénine—, pero solo he dado una primera versión de la historia. Hay otra infinitamente más grave... y más verosímil. Probablemente, una investigación más minuciosa nos llevaría a esa otra versión.

—¿Qué quiere decir?

—Lo siguiente: quizá no estemos hablando de un marido justiciero, como he supuesto generosamente. A lo mejor hablamos de un hombre arruinado, que desea la fortuna y a la mujer de su amigo y que, por eso, para liberarse, para deshacerse de su amigo y de su propia mujer, les tiende una trampa, les aconseja visitar la torre abandonada y los mata a tiros desde lejos, bien protegido.

—No, no —protestó el conde—, todo eso es mentira.

—No digo lo contrario. Yo le acuso basándome en pruebas, pero también en mi intuición y en argumentos que, hasta ahora, han sido muy precisos.

Aun así, me gustaría que la segunda versión fuera errónea. Pero, en ese caso, ¿a qué vienen los remordimientos? No hay remordimientos cuando se castiga a un culpable.

—Los hay cuando uno mata. Es una carga aplastante.

—Señor de Aigleroche, ¿se casó con la viuda de la víctima para darse fuerza y soportar mejor esa carga? La cuestión es esa. ¿Por qué esa boda? Señor de Aigleroche, ¿estaba usted arruinado? ¿Su segunda mujer era rica? O aún más, señor de Aigleroche, ¿los dos se amaban y usted mató a su primera mujer y al marido de la segunda de acuerdo con ella? Hay un montón de preguntas de las que ignoro las respuestas y que, de momento, no nos incumben, pero, desde luego, a la justicia no le costaría mucho resolverlas con todos sus medios.

El señor de Aigleroche se tambaleó. Tuvo que apoyarse en el respaldo de una silla y, lívido, balbuceó:

—¿Va a denunciarme?

—No, no —aseguró Rénine—. Para empezar, ha prescrito. Y, luego, veinte años de remordimientos y terror, un recuerdo que perseguirá al culpable hasta su última hora, las muy probables desavenencias conyugales, el odio, el infierno diario... y, para colmo, la obligación de volver allí y borrar el rastro del doble crimen, el terrible castigo de subir a esa torre, de tocar los esqueletos, desnudarlos y enterrarlos... ya es suficiente. No pidamos demasiado y no echemos esto como pasto para el público ni desatemos un escándalo que salpicaría a su sobrina, señor de Aigleroche. No. Olvidemos todas estas ignominias.

El conde se recompuso delante de la mesa y, con las manos crispadas en la frente, preguntó:

—Entonces, ¿por qué...?

—¿Por qué me he entrometido? —terminó Rénine—. Si le he hablado de esto es porque persigo algún objetivo, ¿eso cree? Pues así es, usted merece una sanción, por pequeña que sea, y nuestra conversación merece un desenlace práctico. Pero no se asuste, señor de Aigleroche, le saldrá barato.

El combate había terminado. El conde se dio cuenta de que solo tenía que cumplir con una formalidad, aceptar un sacrificio y, recuperando algo de seguridad, preguntó con una cierta ironía:

—¿Cuánto?

Rénine se echó a reír.

—Perfecto. Comprende la situación. Solo que se equivoca al cuestionarme. Yo trabajo por honor.

—¿En ese caso...?

—Hablamos, a lo sumo, de una restitución.

—¿Una restitución?

Rénine se inclinó sobre el escritorio y dijo:

—Aquí, en uno de estos cajones, hay un acta notarial que le presentaron para firmar. Es el acuerdo de una transacción entre usted y su sobrina, Hortense Daniel, en relación con su fortuna, la fortuna que su marido dilapidó y de la que usted es responsable subsidiario. Firme el acuerdo.

El señor de Aigleroche se sobresaltó.

—¿Sabe la suma?

—No quiero saberla.

—¿Y si me niego?

—Pido entrevistarme con la condesa de Aigleroche.

El conde abrió el cajón sin dudar, sacó un documento en papel timbrado y lo firmó rápidamente.

—Aquí lo tiene —dijo—, y espero...

—¿Espera usted, como yo, no volver a tener nada que ver conmigo? Estoy seguro. Me marcho esta noche y su sobrina, probablemente, mañana. Adiós, señor.

Los invitados aún no habían bajado al salón. Rénine entregó el documento a Hortense. La joven parecía estupefacta por todo lo que había oído, pero, más que la luz implacable proyectada sobre el pasado de su tío, le desconcertaba la prodigiosa clarividencia y la lucidez extraordinaria del hombre que, desde hacía unas horas, dirigía los acontecimientos y hacía que brotaran delante de ella las escenas de un drama que nadie había presenciado.

—¿Está satisfecha? —preguntó Rénine.

Hortense le tomó de las manos.

—Me ha salvado de Rossigny. Me ha dado libertad e independencia. Se lo agradezco de todo corazón.

—Bueno, no hablo de eso —dijo el príncipe—. Mi primera intención era entretenerla. Su vida era monótona y no había nada inesperado en ella. ¿Ha sido igual hoy?

—¿Cómo puede preguntar eso? He vivido un día intenso y extraño.

—Así es la vida —explicó—, cuando uno sabe mirar y buscar. La aventura está en todas partes, en un rincón de la choza más miserable o tras la máscara del hombre más sensato. Si alguien quiere, en todas partes encuentra pretextos para conmoverse, para hacer el bien, salvar a una víctima o acabar con una injusticia.

—¿Quién es usted? —murmuró Hortense, impresionada por el poder y la autoridad que emanaba ese hombre.

—Un aventurero, nada más. Un aficionado a las aventuras. Lo único que merece la pena en la vida son las aventuras, aventuras ajenas o propias. La de hoy la ha conmocionado porque le afectaba directamente a usted. Pero las ajenas son igual de apasionantes. ¿Quiere probar?

—¿Cómo?

—Sea mi compañera de aventuras. Si alguien me pide ayuda, ayúdelo conmigo. Si por casualidad o por instinto sigo la pista de un crimen o el rastro de un dolor, sigámoslos juntos. ¿Quiere?

—Sí —respondió—. Pero...

Hortense dudó. Buscaba las intenciones ocultas de ese hombre.

—Pero —Rénine acabó la frase— no se fía mucho de mí: «¿A dónde quiere arrastrarme este aficionado a las aventuras? Es evidente que le gusto y que cualquier día de estos le parecerá bien cobrar sus honorarios». Tiene razón. Necesitamos un pacto preciso.

—Muy preciso —insistió Hortense, que prefería llevar la conversación en un tono de broma—. Escucho su propuesta.

Rénine reflexionó un instante y se lanzó:

—¡Pues bien! Ya está: hoy, día de la primera aventura, el reloj de Halingre tocó ocho campanadas. ¿Quiere que aceptemos la sentencia que ha emitido y que persigamos juntos siete buenas aventuras más, en un plazo de, por ejemplo, tres meses? ¿Y quiere que, después de la octava, usted tenga que concederme...?

—¿Qué?

El príncipe interrumpió la respuesta.

—Tenga presente que siempre será libre de abandonarme en el camino si no consigo entusiasmarla. Pero, si sigue conmigo hasta el final, si me permite empezar y acabar con usted la octava aventura, dentro de tres meses, el 5 de diciembre, en el preciso instante en el que suene la octava campanada de este reloj (y sonará, esté segura, porque este viejo péndulo de bronce ya no se detendrá), usted estará obligada a concederme...

—¿Qué? —repitió Hortense, un poco crispada por la espera.

El príncipe guardó silencio. Miraba los hermosos labios que quería pedir como recompensa, pero estaba tan convencido de que la joven lo había entendido que le pareció inútil decirlo más claro.

—Solo con la alegría de verla, me bastará... No me corresponde a mí, sino a usted, poner condiciones. ¿Cuáles son? ¿Qué exige?

Hortense le agradeció el respeto y respondió riendo:

—¿Qué exijo yo...?

—Sí.

—¿Y puedo pedir cualquier cosa por muy difícil que sea?

—Todo es fácil para quien quiere conquistarla.

—¿Y si lo que pido es imposible?

—Solo me interesa lo imposible.

Entonces dijo Hortense:

—Exijo que recupere un broche de corpiño antiguo; es una coralina engarzada en una montura de filigrana. Me lo dio mi madre y a ella la suya; todo el mundo sabía que a ellas les había dado suerte y a mí también. Desde que desapareció de mi joyero, no soy feliz. Devuélvamelo, genio bondadoso.

—¿Cuándo desapareció el broche?

La joven tuvo un arrebato de alegría:

—Hace siete... u ocho... o nueve años, no lo sé muy bien... No sé ni dónde ni cómo. No tengo ni idea de nada...

—Lo encontraré —aseguró Rénine— y será feliz.

II

LA JARRA DE AGUA

Cuatro días después de instalarse en París, Hortense Daniel aceptó reunirse con el príncipe Rénine en el Bois. La mañana era radiante; se sentaron un poco apartados en la terraza del restaurante Impérial.

La joven estaba feliz, alegre, encantadora y atractiva. Rénine se cuidó mucho de mencionar el pacto que le había propuesto por miedo a ahuyentarla. La joven le contó cómo había sido su salida de La Marèze y le aseguró que no había vuelto a oír hablar de Rossigny.

—Yo sí he oído hablar de él —dijo Rénine.

—¡Vaya!

—Me envió a sus testigos. Un duelo esta mañana. Un pinchazo en el hombro de Rossigny y asunto liquidado.

—Hablemos de otra cosa.

Se olvidaron de Rossigny. Rénine enseguida expuso a Hortense el plan de dos expediciones que tenía en el punto de mira y le ofreció, sin entusiasmo, participar.

—La mejor aventura —explicó Rénine— es la que no se planea. Surge de improviso, sin anunciarse y sin que nadie, salvo los iniciados, se dé cuenta de que tiene una oportunidad al alcance de la mano para actuar y esforzarse. Y esa oportunidad hay que cogerla al vuelo, porque si dudas un segundo, ya es demasiado tarde. Un sexto sentido nos alerta; es como el olfato de un perro de caza que distingue el olor bueno entre todos los que se entremezclan.

La terraza empezaba a llenarse a su alrededor. En la mesa de al lado, un hombre joven, con un perfil anodino y un enorme bigote castaño, leía el periódico. Desde atrás llegaba, a través de las ventanas abiertas del restaurante, el lejano rumor de una orquesta; en uno de los salones algunas personas bailaban.

Hortense observaba a toda esa gente de una en una, como si esperara descubrir en cualquiera de ellos una señal, aunque fuera pequeña, que revelase un drama personal, un destino desgraciado o una vocación criminal.

Pero, cuando Rénine pagaba la cuenta, el hombre del bigote ahogó un grito y llamó al camarero con una voz sofocada.

—¿Cuánto le debo...? ¿No tiene cambio? ¡Ay! ¡Dese prisa, por Dios!

Rénine le arrancó el periódico sin titubear. Echó un vistazo rápido y luego leyó en voz baja:

El presidente de la República ha recibido en el Elíseo al señor Dourdens, abogado defensor de Jacques Aubrieux. Nos ha llegado la información de que el presidente ha negado el indulto al condenado y la ejecución tendrá lugar mañana por la mañana.

Cuando el joven ya había atravesado la terraza, se encontró en el porche del jardín con un hombre y una mujer que le cerraban el paso.

—Perdone, señor, pero me he dado cuenta de cómo se ha alterado. Es por Jacques Aubrieux, ¿verdad? —le preguntó el desconocido.

—Sí..., sí..., Jacques Aubrieux... —balbuceó el hombre—. Somos amigos de la infancia. Voy corriendo a casa de su mujer..., debe de estar loca de pena.

—¿Puedo ofrecerle mi ayuda? Soy el príncipe Rénine. A la señora y a mí nos encantaría ver a la señora Aubrieux y ponernos a su disposición.

El joven, consternado por la noticia que acababa de leer, parecía no entender lo que le decía. Se presentó torpemente.

—Soy Dutreuil... Gaston Dutreuil...

Rénine hizo un gesto a Clément, su chófer, que esperaba a cierta distancia, y, mientras llevaba a Gaston Dutreuil al coche, le preguntó:

—¿La dirección? ¿Cuál es la dirección de la señora Aubrieux?

—Avenida de Roule, 23 bis.

En cuanto Hortense se subió al coche, Rénine repitió la dirección al chófer y, de camino, quiso que Gaston Dutreuil le respondiera algunas preguntas.

—Apenas conozco el caso —aseguró Rénine—. Explíquemelo brevemente. Jacques Aubrieux mató a un pariente, ¿no es así?

—Señor, él es inocente —respondió el joven, que parecía incapaz de ofrecer la mínima explicación—. Inocente, se lo juro. Soy amigo de Jacques desde hace veinte años... Es inocente... y sería una monstruosidad...

No pudieron sacarle más información. De hecho, el recorrido fue corto. Llegaron a Neuilly por la puerta de Sablons y, dos minutos después, se detuvieron en una alameda estrecha y larga, bordeada de muros, y se acercaron a una casita de una sola planta.

Gaston llamó al timbre.

—La señora está en el salón con su madre —les informó la criada que había abierto la puerta.

—Vengo a verlas —dijo Gaston, guiando hacia allí a Rénine y Hortense.

Era un salón bastante grande, bien amueblado, que en días normales debía de utilizarse como despacho. Allí había dos mujeres llorando; una de ellas, de cierta edad y cabello entrecano, fue al encuentro de Gaston Dutreuil. El joven le explicó la presencia de Rénine e, inmediatamente, la mujer exclamó sollozando:

—Señor, el marido de mi hija es inocente. ¡Jacques es el mejor hombre del mundo, tiene un corazón de oro! ¡Asesinar él a su primo...! ¡Pero si lo adoraba! Señor, ¡le juro que es inocente! ¿Y van a cometer la infamia de ejecutarlo? ¡Ay! Señor, eso matará a mi hija.

Rénine comprendió que las dos mujeres llevaban meses obsesionadas con esa inocencia y estaban convencidas de que no podía ajusticiarse a un inocente. La noticia de la ejecución, ya inevitable, las había trastornado.

El príncipe se acercó a una pobre criatura encorvada, con un bonito pelo rubio que enmarcaba un rostro muy joven, crispado de desesperación. Hortense ya se había sentado junto a ella y la consolaba suavemente en su hombro.

—Señora, no sé qué puedo hacer por usted. Pero le juro por mi honor que, si hay alguien en el mundo que pueda ayudarla, ese soy yo. Por lo tanto, le ruego que me conteste como si la claridad y precisión de las respuestas pudieran cambiar el rumbo de la situación y como si quisiera compartir conmigo su opinión sobre Jacques Aubrieux. Porque él es inocente, ¿verdad?

—¡Claro que sí, señor! —respondió con la fuerza de todo su ser.

—¡De acuerdo! Pues esa verdad que no ha podido transmitir a la justicia tiene que imponérmela a mí. No le pido que entre en detalles ni que reviva este espantoso calvario, solo que responda a unas cuantas preguntas. ¿Quiere hacerlo?

—Adelante, señor.

La joven estaba dominada. Con unas pocas palabras, Rénine había conseguido someterla e infundirle la voluntad de obedecer. Y, una vez más, Hortense se dio cuenta de la fuerza, autoridad y capacidad de persuasión de Rénine.

—¿A qué se dedica su marido? —le preguntó después de pedir a la madre y a Gaston Dutreuil que guardaran absoluto silencio.

—Es agente de seguros.

—¿Le va bien en el trabajo?

—Hasta el año pasado, sí.

—Así que tienen problemas económicos desde hace unos meses.

—Sí.

—¿Cuándo se cometió el crimen?

—Un domingo del pasado mes de marzo.

—¿Quién fue la víctima?

—Un primo lejano de mi marido, el señor Guillaume, que vive en Suresnes.

—¿A cuánto ascendió el robo?

—A sesenta mil francos. El primo de mi marido los había recibido el día anterior por el pago de una deuda antigua.

—¿Su marido lo sabía?

—Sí. Se lo dijo su primo ese mismo domingo, cuando hablaron por teléfono; Jacques le insistió en que no guardara esa cantidad de dinero en casa y la ingresase al día siguiente en el banco.

—¿Hablaron por la mañana?

—A la una de la tarde. Precisamente, ese día Jacques tenía que ir a casa de Guillaume en moto. Pero estaba cansado y le dijo que se quedaría en casa. Así que estuvo aquí todo el día.

—¿Solo?

—Sí, solo. Las dos criadas tenían el día libre. Yo fui al cine de Ternes con mi madre y nuestro amigo Dutreuil. Por la noche, nos enteramos del asesinato de Guillaume. A la mañana siguiente, detuvieron a Jacques.

—¿Con qué cargos?

La desgraciada titubeó. Los cargos debían de ser demoledores. Luego, Rénine le hizo un gesto y respondió del tirón:

—El asesino fue a Saint-Cloud en moto y las huellas que recogieron son las de la moto de mi marido. Encontraron un pañuelo con las iniciales de mi marido y el revólver que utilizaron era suyo. Por último, un vecino afirma que a las tres de la tarde vio a mi marido salir en la moto, y otro lo vio volver a las cuatro y media. El crimen se cometió a las cuatro.

—¿Y cómo se defiende Jacques Aubrieux?

—Asegura que pasó toda la tarde durmiendo, y que durante ese rato alguien pudo entrar en la casa, abrir el garaje y robar la moto para ir a Suresnes. El pañuelo y el revólver estaban en las alforjas de la moto. No es de extrañar que el asesino los usara.

—Esa explicación resulta verosímil...

—Sí, pero la justicia pone dos objeciones. La primera: nadie, absolutamente nadie, sabía que mi marido se quedaría en casa todo el día, porque los domingos siempre sale en moto.

—¿Y la segunda?

La mujer se sonrojó y susurró:

—En la antecocina de Guillaume, el asesino se bebió media botella de vino directamente de la propia botella. En la botella encontraron las huellas dactilares de mi marido.

Parecía que la mujer había agotado sus fuerzas y que, con la acumulación de pruebas en contra, la esperanza inconsciente que Rénine había despertado también se evaporaba de golpe. Se encerró en sí misma y quedó absorta en una especie de delirio del que ni las cariñosas atenciones de Hortense pudieron sacarla.

La madre farfulló:

—Es inocente, ¿verdad, señor? Y la justicia no condena a un inocente. A eso no hay derecho. No tienen derecho a matar a mi hija. ¡Ay, Dios mío, Dios mío! ¿Qué hemos hecho para que nos hostiguen así? Mi pobrecita Madeleine...

—Madeleine se matará —decía Dutreuil con un tono aterrorizado—. No podrá soportar la idea de que pasen a Jacques por la guillotina. Pronto..., esta misma noche, se matará.

Rénine daba vueltas por la habitación.

—¿Puede hacer algo por esta mujer? —preguntó Hortense.

—Son las once y media —respondió el príncipe con aire de preocupación—, y la ejecución es mañana por la mañana.

—¿Cree que es culpable?

—No lo sé... No lo sé... La convicción de esa pobre desgraciada es impresionante y hay que tenerla en cuenta. Cuando dos personas han vivido juntas tantos años, no pueden engañarse mutuamente hasta ese punto. ¡Pero...!

Rénine se echó en el sofá y encendió un cigarrillo. Fumó tres seguidos sin que nadie lo distrajera de sus pensamientos. De vez en cuando miraba el reloj. ¡Cada minuto contaba! Finalmente, se acercó a Madeleine Aubrieux, le sujetó las manos y le dijo con mucha suavidad:

—No haga ninguna tontería. Hasta el último minuto, no hay nada perdido, y le prometo que yo, por mi parte, no me rendiré hasta ese último minuto. Pero necesito que se tranquilice y confíe en mí.

—Estaré tranquila —dijo la mujer con un aire penoso.

—¿Y confiará en mí?

—Sí.

—¡Bien! Espere aquí. Dentro de dos horas estaré de vuelta. Señor Dutreuil, ¿viene con nosotros? —Cuando subían al coche, Rénine preguntó al joven—: ¿Conoce usted algún restaurante pequeño, sin mucha gente, en París, pero cerca de aquí?

—Sí, el bar-restaurante Lutetia, debajo de mi casa, en la plaza de Ternes.

—Perfecto, ese mismo nos viene muy bien. —De camino, apenas hablaron. Aunque Rénine hizo algunas preguntas a Gaston Dutreuil—. Creo recordar que la policía tiene los números de serie de los billetes, ¿no es así?

—Sí, el primo de Jacques los anotó en un cuaderno.

Al cabo de un instante, Rénine murmuró algo:

—Esa es la cuestión. ¿Dónde está el dinero? Si lo encontramos, lo sabremos todo.

El teléfono del Lutetia estaba en un reservado y Rénine pidió que les sirvieran la comida ahí. Cuando se quedó a solas con Hortense y Dutreuil, descolgó el auricular con mucha decisión.

—Oiga... Señorita, por favor, con la comisaría de policía... Oiga... ¿Policía? Quisiera hablar con el servicio de La Seguridad. Es una llamada muy importante. De parte del príncipe Rénine. —Con el auricular en la mano, se volvió hacia Gaston Dutreuil—. ¿Hay algún inconveniente en que cite a alguien aquí? ¿Nos dejarán tranquilos?

—Por supuesto.

Y se puso a la escucha otra vez.

—¿Es usted el secretario del jefe de La Seguridad? ¡Ajá! Bien. Señor, he tenido la oportunidad de estar en contacto con el señor Dudouis y de proporcionarle información muy útil sobre varios casos. No me cabe duda de que él se acordará del príncipe Rénine. Hoy podría decirle dónde están los sesenta mil francos que Aubrieux robó a su primo después de asesinarlo. Si le interesa el asunto, su jefe sería tan amable de enviar un inspector al restaurante Lutetia, en la plaza de Ternes. Yo estaré ahí con una señora y con Dutreuil, un amigo de Aubrieux. Un saludo, señor.

Cuando Rénine colgó, vio las caras de sorpresa de Hortense y Gaston Dutreuil.

—Así que ¿lo sabe? ¿Lo ha descubierto? —murmuró Hortense.

—En absoluto —respondió riendo.

—¿Entonces?

—Fingiré que lo sé. Es un medio como otro cualquiera. Comamos, ¿quieren? —En ese momento, el reloj marcaba la una menos cuarto—. La persona que envíen de la comisaría estará aquí dentro de veinte minutos como mucho.

—¿Y si no viene nadie? —protestó Hortense.

—Me extrañaría. ¡Bueno! Si a Dudouis le hubiera dicho: «Aubrieux es inocente», no habría surtido efecto. La víspera de una ejecución, ¡ve tú a decir a los señores de la policía o de la justicia que un condenado a muerte es inocente! No, ahora ya, Jacques Aubrieux es de la incumbencia del verdugo. Pero la perspectiva de los sesenta mil francos, ese es un golpe de suerte por el que merece la pena molestarse. Dense cuenta de que el dinero es el punto débil de la acusación.

—Pero, si no sabe nada...

—Querida amiga, ¿me permite llamarla así? Pues, querida amiga, cuando no puedes explicar un determinado fenómeno físico, estableces una hipótesis cualquiera que explique todas las manifestaciones de ese fenómeno y dices que todo ocurre como si fuera así. Esto es lo que he hecho.

—Dicho de otro modo, ¿tiene usted una hipótesis?

Rénine no respondió. Y no reanudó la conversación hasta pasado un buen rato, cuando acabaron de comer:

—Por supuesto, algo supongo. Y si tuviera varios días por delante, me tomaría la molestia de comprobar primero esa hipótesis, que se basa tanto en mi intuición como en la observación de algunos hechos dispersos. Pero solo cuento con dos horas y me adentro por un camino desconocido como si estuviera seguro de que me conduce a la verdad.

—¿Y si se equivoca?

—No tengo elección. De hecho, ya es demasiado tarde. Llaman a la puerta. ¡Ah!, una cosa más. Diga lo que diga, no me refuten. Usted tampoco, señor Dutreuil.

Y fue a abrir la puerta. Un hombre delgado con barba pelirroja entró.

—¿El príncipe Rénine?

—Soy yo, señor. ¿Le envía el señor Dudouis?

—Sí.

Y el recién llegado se presentó:

—Soy el inspector jefe Morisseau.

—Agradezco su rapidez, inspector —dijo el príncipe—. Y estoy muy satisfecho de que el señor Dudouis lo haya enviado a usted, porque conozco su hoja de servicios y he seguido con admiración algunos de sus casos.

El inspector se inclinó, muy halagado.

—El señor Dudouis me ha puesto a su entera disposición, al igual que a los dos inspectores que he dejado en la puerta y que han llevado el caso conmigo desde el principio.

—No tardaremos mucho —le aseguró Rénine—, y ni siquiera le pido que se siente. Tenemos que resolver esto en pocos minutos. ¿Sabe de qué le hablo?

—De los sesenta mil francos que le robaron al señor Guillaume. Estos son los números de serie de los billetes.

Rénine examinó la lista y dijo:

—Son los mismos. Coinciden.

El inspector Morisseau pareció muy emocionado.

—El jefe considera muy importante que haya descubierto dónde está el dinero. Así que ¿podría decirme...?

Rénine guardó silencio unos segundos y luego explicó:

—Inspector, mi investigación personal, una investigación rigurosa de la que le pondré al corriente en un rato, me ha revelado que, cuando el asesino regresó de Suresnes, llevó la moto al garaje de la avenida de Roule, después vino corriendo a Ternes y entró en este edificio.

—¿En este edificio?

—Sí.

—¿Y qué vino a hacer aquí?

—Esconder el material robado, los sesenta mil francos en billetes de mil.

—¿Cómo? ¿Dónde?

—En un piso del que tenía la llave, en la quinta planta.

Gaston Dutreuil gritó atónito:

—¡Pero si yo vivo en el único piso que hay en la quinta planta!

—Exactamente, como usted estaba en el cine con la señora Aubrieux y su madre, quien fuera aprovechó las circunstancias...

—Imposible, la llave solo la tengo yo.

—Se puede entrar sin llave.

—Pero no he notado nada.

Morisseau intervino:

—Vamos a ver, explique esto. ¿Está usted diciendo que alguien habría escondido el dinero en casa del señor Dutreuil?

—Sí.

—¿Y que el dinero seguiría ahí porque a Jacques Aubrieux lo detuvieron la mañana siguiente del robo?

—Eso opino.

Gaston Dutreuil no pudo contener la risa.

—Pero esto es absurdo. Yo lo habría encontrado.

—¿Lo ha buscado?

—No, pero me habría topado con él continuamente. El piso es del tamaño de la palma de una mano. ¿Quieren verlo?

—Por muy pequeño que sea, basta para guardar sesenta trozos de papel.

—Por supuesto —contestó Dutreuil—, por supuesto, todo es posible. Pero tengo que insistir en que creo que nadie ha entrado en mi casa, que solo hay una llave, y que yo mismo limpio el piso, así que no entiendo muy bien...

Hortense tampoco entendía nada. Con los ojos fijos en los del príncipe Rénine, intentaba meterse en su cabeza. ¿A qué jugaba? ¿Debía apoyarlo? Al final, acabó diciendo:

—Inspector jefe, ya que el príncipe Rénine afirma que el dinero está guardado aquí arriba, ¿no sería más fácil subir a buscarlo? El señor Dutreuil nos llevará, ¿no es así?

—Inmediatamente —dijo el joven—. Efectivamente, eso es lo más fácil.

Los cuatro subieron a la quinta planta del edificio, Dutreuil abrió la puerta y entraron en un piso pequeño de dos dormitorios y dos gabinetes

44

meticulosamente ordenados. Era evidente que cada sillón y cada silla de la habitación que hacía las veces de salón tenían su sitio. Las pipas estaban en su estantería y las cerillas en la suya. Había tres clavos en fila con tres bastones colgados, ordenados por tamaño. En una mesita, delante de la ventana, una sombrerera, llena de papeles de seda, esperaba el sombrero que Dutreuil metió con cuidado... Al lado, en la tapa, colocó los guantes. Dutreuil, un hombre de esos a los que les gusta ver las cosas siempre como las ha dejado, actuaba con tranquilidad y mecánicamente. De manera que, cuando Rénine movió un objeto, el joven hizo un gesto de protesta, recuperó el sombrero, se lo puso en la cabeza, abrió la ventana y se acodó en el borde de espaldas a la habitación, como si fuera incapaz de soportar el espectáculo de semejante sacrilegio.

—¿Está usted seguro...? —preguntó el inspector a Rénine.

—Sí, sí, le garantizo que alguien trajo los sesenta mil francos aquí.

—¡A buscar! —Era fácil y lo hicieron rápidamente. Media hora después no quedaba un rincón sin registrar ni un objeto decorativo sin levantar—. Nada —dijo el inspector Morisseau—. ¿Hay que seguir?

—No —respondió Rénine—. El dinero ya no está.

—¿Qué quiere decir?

—Que se lo han llevado.

—¿Quién? Precise esa acusación.

Rénine no respondió. Pero Gaston Dutreuil se dio media vuelta. Estaba sofocado.

—Señor inspector, ¿quiere que la precise yo según las observaciones del príncipe? Esto significa que aquí hay un hombre indecente, y ese indecente descubrió el dinero que escondió el asesino, lo robó y lo guardó en otro lugar más seguro. Eso es lo que piensa, ¿verdad, señor? Y me acusa a mí del robo, ¿no es así? —Se acercó dándose fuertes golpes en el pecho—. ¡Yo! ¡Que yo encontré los billetes! ¡Y que yo me los quedé! Se atreve a afirmar... —Rénine seguía sin responder. Dutreuil se enfureció y la emprendió a gritos con el inspector Morisseau—: Señor inspector, protesto enérgicamente contra toda esta comedia y el papel que usted interpreta en ella sin saberlo. Antes de llegar aquí, el príncipe Rénine nos dijo, a la señora y a mí, que no sabía nada, que se aventuraba en este caso al azar y que seguía el primer camino que se le había ocurrido, confiando en su buena suerte. ¿No es verdad, señor? —Rénine no rechistó—. ¡Diga algo, señor! ¡¡¡Explíquese, porque, a fin de cuentas, usted sostiene, sin ninguna prueba, unos hechos inverosímiles!!! Es muy fácil decir que yo robé el dinero. Pero aún habría que saber si el fajo de billetes ha estado aquí. ¿Quién lo trajo? ¿Por qué el asesino eligió mi casa para esconderlo? Todo esto es absurdo, ilógico y estúpido... ¡Pruebas, señor! ¡Una sola prueba!

El inspector Morisseau parecía perplejo. Interrogaba a Rénine con la mirada.

—Ya que quiere aclaraciones, la propia señora Aubrieux nos las dará. Ella tiene teléfono. Vamos abajo. En un minuto lo sabremos —dijo el príncipe impasible.

Dutreuil se encogió de hombros.

—Como quiera, pero ¡qué pérdida de tiempo!

Parecía muy enfadado. Había pasado un buen rato en la ventana, bajo un sol abrasador, y sudaba. Fue a su habitación y volvió con una jarra de agua, dio varios tragos y la dejó en el alféizar de la ventana.

—Vamos —dijo.

—Parece que tiene prisa por salir de esta casa —se burló el príncipe Rénine.

—Tengo prisa por desenmascararlo —respondió Dutreuil dando un portazo.

Bajaron y entraron en el reservado del teléfono. El comedor estaba vacío. Rénine preguntó el número de teléfono de la señora Aubrieux a Gaston Dutreuil, descolgó el auricular y le pasaron la llamada.

Respondió la criada. Le dijo que la señora Aubrieux se había desmayado después de una crisis de angustia y que estaba dormida.

—Avise a su madre. De parte del príncipe Rénine. Es urgente. —Pasó el auricular a Morisseau. En realidad, las voces eran tan nítidas que Dutreuil y Hortense también pudieron escuchar la conversación—. ¿Es usted, señora?

—Sí. ¿Y usted el príncipe Rénine? ¡Ay, señor! ¿Qué tiene que contarnos? ¿Nos queda alguna esperanza? —imploró la anciana.

—La investigación va satisfactoriamente —respondió Rénine—, y hace bien en conservar la esperanza. De momento, voy a pedirle una información muy importante. El día del crimen, ¿fue Gaston Dutreuil a su casa?

—Sí, después de comer vino a buscarnos a mi hija y a mí.

—¿En ese momento, supo que Guillaume tenía sesenta mil francos en su casa?

—Sí, yo se lo dije.

—¿Y que Jacques Aubrieux no saldría en moto como siempre, porque estaba algo indispuesto, y se quedaría en casa a dormir?

—Sí.

—Señora, ¿está completamente segura?

—Absolutamente segura.

—¿Y los tres fueron juntos al cine?

—Sí.

—¿Y vieron la película en butacas contiguas?

—¡No, eso no! No quedaban sitios libres. Él se sentó lejos de nosotras.

—¿Y podían verlo?

—No.

—¿Durante el entreacto fue a donde estaban ustedes?

—No, no lo volvimos a ver hasta la salida.

—¿No tiene ni la más mínima duda de eso?

—Ninguna.

—Está bien, señora, en una hora le informaré de todas mis pesquisas. Pero, sobre todo, no despierte a la señora Aubrieux.

—¿Y si se despierta?

—Tranquilícela y transmítale confianza. El asunto va cada vez mejor, mucho mejor de lo que esperaba. —Colgó el teléfono y se volvió hacia Dutreuil riendo—: ¡Eh, joven! Esto empieza a tomar forma. ¿Tiene algo que decir? —¿Qué significaban esas palabras? ¿Qué conclusiones había sacado Rénine de la conversación? El silencio fue pesado y arduo—. Inspector, tiene agentes en la puerta, ¿verdad?

—Dos cabos.

—Nos convendría que se quedasen ahí. Y quiere, por favor, pedir al dueño que no nos moleste nadie bajo ningún concepto. —Cuando Morisseau regresó, Rénine cerró la puerta, se plantó delante de Dutreuil y soltó enfatizando las palabras, con un tono burlón—: En resumidas cuentas, joven, el domingo, de tres a cinco de la tarde, las dos señoras no lo vieron. Un hecho bastante curioso.

—Un hecho muy natural —respondió Dutreuil—, y que, además, no prueba absolutamente nada.

—Prueba que usted dispuso de dos horas largas.

—Evidentemente, dos horas que pasé en el cine.

—O en otra parte.

Dutreuil lo observó.

—¿En otra parte?

—Sí, como disfrutaba de vía libre, tuvo mucho tiempo para ir a dar un paseo a donde se le antojara... A Suresnes, por ejemplo.

—¡Bueno, bueno! —dijo Dutreuil, también él burlón—. Suresnes está un poco lejos.

—¡No, en moto muy cerca! ¿Y no tenía usted la de su amigo Jacques Aubrieux?

Después de estas palabras, reinó de nuevo el silencio. Dutreuil frunció el ceño, como si intentara entender. Finalmente, se le oyó susurrar:

—Aquí es a donde quería llegar... ¡Qué miserable!

Rénine le puso una mano en el hombro.

—Ya basta de charlas. ¡Hechos! Gaston Dutreuil, usted es la única persona que, ese día, sabía dos cosas: la primera, que el primo Guillaume tenía sesenta mil francos en su casa; y la segunda, que Jacques Aubrieux no iba a salir de casa. Inmediatamente, vio el golpe. Tenía la moto a su disposición y se escabulló durante la función. Usted estuvo en Suresnes. Usted mató al primo Guillaume. Usted robó los sesenta mil francos y se los llevó a su casa. Y, a las cinco, se reunió con las señoras.

Dutreuil había escuchado con un aire entre burlón y asombrado, mirando de vez en cuando al inspector Morisseau, como para tomarlo por testigo. Cuando Rénine terminó de hablar, el joven se echó a reír y dijo:

—Está loco, no se le puede reprochar nada. Muy gracioso... Buen chiste... Y, entonces, ¿los vecinos me vieron a mí irme y volver en la moto?

—Sí, a usted, vestido con ropa de Jacques Aubrieux.

—¿Y también eran mis huellas las que encontraron en la botella, en la antecocina del primo Guillaume?

—Esa botella la descorchó Jacques Aubrieux a la hora de comer, en su casa, y usted la llevó allí como elemento probatorio.

—Cada vez más gracioso —gritó Dutreuil, que parecía divertirse de verdad—. Entonces, ¿yo lo planeé todo para que acusaran del crimen a Jacques Aubrieux?

—Ese era el modo más seguro de que no lo acusaran a usted.

—Sí, pero Jacques y yo somos amigos de la infancia.

—Pero usted está enamorado de su mujer.

El hombre dio un salto, repentinamente furioso.

—¡Cómo se atreve! ¡Qué infamia!

—Tengo pruebas.

—¡Mentira! Siempre he respetado y venerado a la señora Aubrieux.

—En apariencia. Pero usted la ama. La desea. No lo niegue. Tengo todas las pruebas.

—¡Mentira! Usted me conoce desde hace poco.

—¡Vamos, hombre! Hace días que lo vigilo en la sombra y espero el momento de lanzarme sobre usted. —Rénine sujetó a Dutreuil por los hombros y lo sacudió con violencia—. Vamos, Dutreuil, confiese. Tengo todas las pruebas. Tengo testigos con los que nos reuniremos dentro de poco delante del jefe de La Seguridad. ¡Confiese! A pesar de todo, los remordimientos lo atormentan. Recuerde el terror que sintió cuando leyó el periódico, en el restaurante. ¡Cómo! Jacques Aubrieux condenado a muerte... ¡Usted no pedía tanto! Con la cárcel le bastaba. Pero el patíbulo... ¡A Jacques Aubrieux lo ejecutarán mañana y es inocente! Confiese, para salvar su propia cabeza. ¡Vamos, confiese!

Inclinado sobre él, Rénine intentaba con todas sus fuerzas arrancarle la confesión. Pero el otro se incorporó y dijo con frialdad y algo despectivo:

—Señor, usted está loco. Ni una palabra de lo que ha dicho es de sentido común. Todas sus acusaciones son falsas. ¿Acaso ha encontrado el dinero en mi casa, como afirmaba?

Rénine, exasperado, le mostró el puño.

—¡Ay, canalla! Conseguiré tu pellejo. —Rénine se dirigió al inspector—: Bueno, ¿y a usted qué le parece? Un mentiroso empedernido y un granuja, ¿no es cierto?

El inspector movió la cabeza.

—Quizá... Pero, aun así... Hasta ahora... En realidad, ningún cargo...

—Espere, inspector —dijo Rénine—. Espere a que nos reunamos con el señor Dudouis. Porque lo veremos en comisaría, ¿no?

—Sí, estará allí a las tres.

—De acuerdo, quedará satisfecho, inspector. Le prometo que quedará satisfecho.

Rénine se rio burlonamente como si estuviera seguro de los hechos. Hortense, que estaba cerca y podía hablar con él sin que los oyeran los demás, le preguntó en voz baja:

—Lo tiene, ¿verdad?

—¡Si lo tengo! Estoy exactamente en el mismo punto donde empezamos.

—¡Eso es espantoso! ¿Y las pruebas?

—Ni una prueba... Esperaba desarmarlo. El muy sinvergüenza ha recobrado el dominio de sí mismo.

—Pero ¿está seguro de que fue él?

—Solo pudo ser él. Al principio, lo intuí, a partir de ese momento, no le he quitado el ojo de encima. He visto cómo aumentaba su nerviosismo a medida que la investigación parecía girar a su alrededor y acercarse. Ahora, lo sé.

—¿Y está enamorado de la señora Aubrieux?

—Por lógica, sí. Pero todo esto no son más que supuestos teóricos o convicciones personales. Y con eso no se detiene la cuchilla de la guillotina. ¡Ay! Si encontrara el dinero, el señor Dudouis me creería. De lo contrario, se reirá de mí a la cara.

—¿Y entonces? —susurró Hortense con el corazón encogido.

Rénine no respondió. Daba vueltas por la habitación a zancadas, fingiendo estar muy contento y frotándose las manos: «¡Todo va de maravilla! Realmente, es muy agradable ocuparse de casos que, por así decirlo, se resuelven solos».

—Señor Morisseau, ¿y si vamos a comisaría? El jefe ya debe de estar allí. Y, llegados a este punto, mejor acabar con esto. Señor Dutreuil, ¿quiere usted acompañarnos?

—¿Por qué no? —respondió con aire arrogante.

Pero, en el preciso instante en el que Rénine abría la puerta, se oyeron ruidos en el pasillo y el dueño del bar llegó haciendo aspavientos.

—¿Sigue aquí el señor Dutreuil? ¡Hay fuego en su casa! Nos ha avisado un transeúnte... Lo ha visto desde la plaza.

Los ojos del joven echaron chispas. Esbozó una sonrisa que duró, quizá, medio segundo, pero Rénine la vio.

—¡Ay, bandido! —gritó Rénine—. ¡Te has delatado! Tú mismo has provocado el fuego en tu casa y, en este momento, los billetes están quemándose.

El príncipe le cerró el paso.

—Déjeme de una vez —chilló Dutreuil—. Hay fuego y nadie puede entrar porque nadie tiene la llave. Mire, aquí está... ¡Déjeme pasar, maldita sea!

Rénine le arrancó la llave de las manos y, sujetándolo del cuello, dijo:

—No te muevas, hombrecillo. Ya he ganado la partida. ¡Sinvergüenza! Señor Morisseau, ¿quiere usted ordenar a ese cabo que no lo pierda de vista y que le vuele la tapa de los sesos si intenta escapar? ¿De acuerdo, cabo? ¿Contamos con usted? Un tiro a la cabeza...

Rénine subió precipitadamente la escalera. Lo seguían Hortense y el inspector jefe que, de bastante mal humor, protestaba:

—Vamos a ver qué pasa. Él no ha podido provocar el fuego porque no se ha separado de nosotros.

—¡Dios mío! Lo habrá prendido antes.

—¿Cómo? Insisto, ¿cómo?

—¡Y yo qué sé! Pero un incendio no se declara así como así, sin motivo alguno y justo cuando alguien necesita quemar unos papeles comprometedores.

Arriba se oían ruidos. Los camareros del bar intentaban tirar la puerta abajo. Había un olor agrio en el hueco de la escalera. Rénine llegó a la última planta.

—Paso, amigos, tengo la llave.

La introdujo en la cerradura y abrió la puerta. Le golpeó una humareda tan grande que parecía que estuviera quemándose toda la planta. Pero Rénine vio inmediatamente que el incendio se había apagado solo, por falta de combustible, y ya no había llamas.

—Señor Morisseau, que no entre nadie, ¿de acuerdo? Cualquier inoportuno podría obstaculizar la investigación. Mejor será echar el pestillo a la puerta.

Pasó a la habitación delantera, donde, visiblemente, había estado el foco principal del incendio. Los muebles, las paredes y el techo estaban ennegrecidos, pero el fuego no los había alcanzado. En realidad, todo se reducía a una fogata de papeles, que aún seguía consumiéndose en medio de la habitación, delante de la ventana. Rénine se golpeó la frente.

—¡Pedazo de imbécil! ¡Hay que ser tonto!

—¿Qué ocurre? —preguntó el inspector.

—La sombrerera que estaba en la mesita. Ahí estaba escondido el dinero. Y ahí seguía hace un rato, cuando registramos la casa.

—¡Imposible!

—Pues sí. ¡Siempre se olvida el escondrijo que está más a la vista, al alcance de la mano! Quién iba a pensar que un ladrón deja sesenta mil francos en una caja abierta, donde guarda el sombrero al entrar, con gesto distraído. Ahí nadie busca... ¡Bien jugado, Dutreuil!

El inspector, que seguía escéptico, repitió:

—No, no, imposible. Estábamos con él, así que él no pudo provocar el fuego.

—Lo tenía todo preparado de antemano frente a una hipotética amenaza... La caja, los papeles de seda, los billetes; todo debía de estar impregnado

de algún líquido inflamable. Y justo antes de irse tiró una cerilla, una droga,
¡o qué sé yo!

—¡Pero, por Dios, lo habríamos visto! Y, además, ¿es admisible que un
hombre que ha matado para robar sesenta mil francos los destruya de este
modo? Si el escondite era tan bueno, y lo era, porque no lo encontramos,
¿por qué destruir el dinero inútilmente?

—Tuvo miedo. No olvidemos que se juega la cabeza. Cualquier cosa antes que la guillotina; y esos billetes eran la única prueba contra él. ¿Cómo
iba a dejarlos ahí?

Morisseau se quedó petrificado.

—¡Cómo! La única prueba...

—¡Evidentemente!

—¿Pero los testigos y los cargos que tiene en su contra? ¿Todo lo que iba
a contarle al jefe?

—Patrañas.

—Pues sí, la verdad —rezongó el inspector atónito—, sí que tiene usted
sangre fría.

—¿Habría usted participado sin eso?

—No.

—Entonces, ¿qué quiere? —Rénine se inclinó para remover las cenizas,
pero ni siquiera quedaban esos restos de papel acartonados que conservan
la forma—. Nada —dijo—. ¡De todos modos es raro! ¿Cómo diablos se las
arregló para encender el fuego?

Se incorporó y se quedó pensativo, atento. Hortense tuvo la sensación de
que hacía un último esfuerzo extremo y que, después de esta última pugna
envuelta en densas tinieblas, tendría un plan para ganar o se reconocería
vencido.

Decaída, preguntó con ansiedad:

—Todo está perdido, ¿verdad?

—No..., no... —dijo Rénine pensativamente—, todo no está perdido.
Hace unos minutos, sí. Pero ahora brota un destello de luz que me da algo
de esperanza.

—¡Ay, Dios mío, si fuera cierto!

—No adelantemos nada —dijo—. Solo es una tentativa... Pero una muy buena tentativa, que puede salir bien. —Guardó silencio, después sonrió divertido y, chasqueando la lengua, dijo —: Tremendo este Dutreuil. Menuda manera de quemar los billetes... ¡Vaya ocurrencia! ¡Y qué sangre fría! ¡El muy patán ha sido un quebradero de cabeza! ¡Es un maestro!

Buscó una escoba y llevó una parte de las cenizas a la habitación contigua. En esa habitación, recogió una sombrerera del mismo tamaño y aspecto que la que se había quemado, removió los papeles de seda que tenía dentro, la dejó en la mesita y le prendió fuego con una cerilla. Brotaron unas llamas y, cuando habían quemado media caja y casi todos los papeles, las apagó. Del bolsillo interior de su chaleco, sacó un fajo de billetes, cogió seis, los quemó casi completamente, colocó los fragmentos y ocultó el resto en el fondo de la caja, entre la ceniza y los papeles ennegrecidos.

—Señor Morisseau —dijo, por fin—, le pido por última vez su colaboración. Vaya a buscar a Dutreuil. Dígale solo lo siguiente: «Lo hemos descubierto, los billetes no se quemaron. Sígame», y tráigalo aquí.

El inspector jefe, pese a sus dudas y el miedo a excederse de las funciones que le había encomendado el jefe de La Seguridad, no pudo sustraerse de la influencia que Rénine ejercía sobre él. Y se fue. El príncipe se volvió hacia Hortense.

—¿Entiende mi plan de batalla?

—Sí —respondió—, pero la prueba es peligrosa. ¿Cree usted que Dutreuil caerá en la trampa?

—Todo depende de su estado de nervios y de lo desmoralizado que esté. Un ataque brusco puede perfectamente hacer que se derrumbe.

—Pero ¿y si por algún indicio se da cuenta del cambiazo de las cajas?

—Tiene razón, no todo está en su contra. ¡Ese hombre es mucho más astuto de lo que creía y muy capaz de salir del apuro! Aunque, por otra parte, ¡qué nervioso debe de estar! ¡El miedo tiene que zumbarle en los oídos y nublarle la vista! No, no creo que aguante el tipo... Flaqueará...

Y ya no hablaron más. Rénine no se movía. Hortense seguía profundamente preocupada. La vida de un hombre inocente estaba en juego. Un error táctico, algo de mala suerte y, doce horas más tarde, Jacques Aubrieux sería ejecutado. Hortense sentía una angustia horrible, pero, a pesar de la situación, también una curiosidad enorme. ¿Qué haría el príncipe Rénine? ¿Qué resultado daría la prueba? ¿Cuánto resistiría Gaston Dutreuil? Hortense vivía uno de esos momentos de tensión sobrehumana en los que la vida se intensifica y adquiere todo su valor.

Se oyeron pasos en la escalera. Unos pasos de hombre apresurados. El ruido se acercó. Los pasos llegaban a la última planta.

Hortense miró a su compañero. Se había levantado. Escuchaba con la cara ya demudada por la acción. Sonaron pasos en el pasillo. Entonces, de pronto, se relajó como un resorte, corrió hacia la puerta y gritó:

—¡Rápido! ¡Acabemos con esto!

Entraron dos inspectores y dos camareros del bar. Rénine separó a Dutreuil de la escolta de los inspectores y tirándole del brazo dijo con ironía:

—¡Bravo, amigo! Muy ingeniosa la idea de la mesita y la jarra, ¡admirable! ¡Una obra maestra! Pero no ha dado resultado.

—¿Cómo? ¿Qué pasa? —musitó el joven tambaleándose.

—Sí, gracias a Dios, el fuego solo ha consumido la mitad de los papeles de seda y la caja, pero, aunque algunos de los billetes se han quemado con los papeles de seda..., quedan otros en el fondo... ¿Me oyes? Los dichosos billetes..., la gran prueba del crimen..., aquí están, donde los escondiste... Por suerte no se han quemado... Anda, mira..., aquí tienes los números..., puedes comprobarlos... ¡Ay, sinvergüenza, estás perdido!

El joven se había contraído. Parpadeaba. No comprobó los números, como le indicaba Rénine, no examinó ni la caja ni los billetes. A la primera, sin pararse a pensar y sin que su instinto lo alertara, creyó todo lo que Rénine decía y, repentinamente, se derrumbó en una silla llorando. «El ataque brusco», como dijo Rénine, había sido un éxito. Cuando Dutreuil vio todos sus planes desbaratados y al enemigo dueño de todos sus secretos, el muy miserable se quedó sin la fuerza ni la lucidez necesarias para defenderse. Abandonó la partida.

Rénine lo atosigaba.

—Enhorabuena, puedes salvar el pescuezo, así de simple, amigo. Confiesa por escrito para librarte de la muerte. Toma, aquí tienes un boli... ¡Ay! Has tenido mala suerte, lo reconozco. Porque el truco de último momento estaba muy bien pensado. ¿No les parece? ¿Tienes unos billetes que te incordian y quieres destruir? Muy fácil. Dejas en el alféizar de la ventana una jarra de cristal grande con vientre redondo. El cristal hace de lupa y proyecta los rayos de sol en la caja y el papel de seda convenientemente preparados. Diez minutos después, empiezan a arder. ¡Un gran invento! Y como todos los grandes inventos surge por casualidad, ¿no es cierto? ¡La manzana de Newton! Un día, el sol al atravesar el agua de esta jarra prendió unas briznas de tela o la cabeza de una cerilla y, como hace poco tenías el sol a tu disposición, pensaste: «Vamos allá», y colocaste la jarra en el sitio adecuado. Mi enhorabuena, Gaston. Toma una hoja de papel y escribe: «Soy el asesino del señor Guillaume». ¡Escribe, maldita sea!

Rénine, inclinado sobre el joven, con toda su implacable voluntad, le obligaba a escribir, le dirigía la mano y le dictaba las palabras. Dutreuil, al límite de sus fuerzas, agotado, escribió.

—Inspector jefe, aquí tiene la confesión —dijo Rénine—. Querría entregársela al señor Dudouis. Estoy seguro de que estos señores —se dirigió a los camareros del bar— aceptarán actuar de testigos. —Y como Dutreuil, superado por la situación, no se movía, lo zarandeó—. ¡Eh, camarada! Hay que espabilar. Ya que has sido lo bastante estúpido como para confesar, llega hasta el final de tu tarea, idiota. —El otro lo miró, de pie delante de él—. Evidentemente, eres un zoquete —continuó Rénine—. La caja se había quemado completamente y los billetes también. Esta caja es otra, amigo, y los billetes son míos. Hasta he tenido que quemar seis para que resultara más creíble la cosa. Y tú solo has visto fuego. Hace falta ser imbécil. ¡Proporcionarme una prueba en el último momento, cuando no tenía ni una! ¡Y vaya prueba! ¡Tu confesión escrita ante testigos! Escucha, hombrecillo: si te cortan la cabeza, como espero, de verdad, te lo habrás merecido. ¡Adiós, Dutreuil!

En la calle, el príncipe pidió a Hortense Daniel que fuera en su coche a casa de Madeleine Aubrieux para informarla.

—¿Y usted? —preguntó Hortense.

—Tengo mucho que hacer... Unas citas urgentes...

—¡Cómo! ¿Va a perderse la alegría de dar la buena noticia?

—Uno se cansa de esa alegría. El combate es la única alegría que siempre se repite. Lo de después deja de tener interés.

Hortense le sujetó la mano y la guardó entre las suyas un instante. Le habría gustado expresar toda su admiración a ese hombre extraño que parecía hacer el bien como deporte y lo hacía con una especie de genialidad. Pero no pudo hablar. Todos los acontecimientos la habían alterado. La emoción le encogió el corazón y le empañó los ojos. Rénine se inclinó diciendo:

—Se lo agradezco. Ya tengo mi recompensa.

III

THÉRÈSE Y GERMAINE

El final de la temporada de verano fue muy apacible y el dos de octubre por la mañana varias familias, que aún seguían en sus villas de Étretat, habían bajado a la orilla del mar que, entre los acantilados y las nubes del horizonte, podía parecerse a un lago de montaña, aletargado en los huecos de las rocas que lo aprisionaban, si no fuera por ese algo ligero en el aire y por los colores pálidos, suaves e indefinidos que tiene el cielo de esa región algunos días y le da un encanto muy especial.

—¡Qué agradable! —murmuró Hortense. Y enseguida añadió—: Pero, en cualquier caso, no hemos venido a disfrutar del encanto de la naturaleza ni para plantearnos si realmente Arsène Lupin vivió en esa enorme aguja de piedra que se levanta a la izquierda.

—No —confirmó el príncipe Rénine—, y, efectivamente, debo reconocer que ya es hora de satisfacer su legítima curiosidad... O, al menos, de satisfacerla en parte, porque, después de dos días aquí, observando e investigando, aún no he encontrado nada de lo que esperaba averiguar.

—Le escucho.

—No me alargaré mucho. Pero, antes, una aclaración... Usted, querida amiga, comprenderá que, si quiero ayudar a mis semejantes, necesito tener amigos por todas partes que me señalen oportunidades para actuar. Con cierta frecuencia, los avisos me parecen de poca importancia o de poco interés y de esos no me ocupo. Pues bien, dicho esto, la semana pasada, me informaron sobre una conversación que interceptó uno de mis contactos. Usted misma calibrará su importancia: una mujer hablaba por teléfono desde su casa en París con un hombre, que estaba de paso en un hotel de alguna ciudad importante de los alrededores. Desconozco los nombres de la ciudad, del señor y de la señora. Esas personas hablaban en español, mezclado con el argot que nosotros llamamos javanés, pero, además, suprimían muchas sílabas. Aun así, pese a todas las dificultades que nos pusieron y de lo mucho que se esforzaron por ocultar lo que decían, ¡conseguimos entender lo fundamental, aunque no lo tenemos todo! La conversación puede resumirse en tres puntos: 1) esos señores son hermanos y esperan reunirse con una tercera persona, casada y «deseosa de recuperar a toda costa su libertad»; 2) la reunión para ponerse de acuerdo se fijó, en principio, el dos de octubre, pero debían confirmarla con un anuncio discreto en algún periódico; 3) después de la reunión del dos de octubre, el tercero en cuestión tenía que llevar a la persona, hombre o mujer, de la que quieren deshacerse, a dar un paseo por unos acantilados al atardecer. Estos son los fundamentos del caso. No hace falta que le explique que he supervisado los diarios parisienses con extrema atención y he dado la orden de hacer lo mismo a mis contactos. Pues bien, anteayer por la mañana, leí esta frase: «Reu, 2 oct. 12 h, 3 Mathildes».

»Como mencionaron unos acantilados, deduje que el crimen se cometería a orillas del mar y, como en Étretat conozco un sitio que se llama las Tres Mathildes, un nombre poco corriente, pues ese mismo día usted y yo nos pusimos en marcha para desbaratar el plan de esos sinvergüenzas.

—¿Qué plan? —preguntó Hortense—. Usted da por hecho que hablan de un crimen, pero eso solo es una mera suposición, ¿no?

—De ninguna manera. En la conversación se referían a la boda de uno de los dos hermanos con la tercera persona, casada, lo que implica la posibilidad de un delito, y en este caso significa que alguien arrojará a la víctima, esposa o marido de la tercera persona, por un acantilado esta noche, dos de octubre. Todo es completamente lógico y no deja ningún espacio a la duda.

Estaban sentados en la terraza del casino, enfrente de la escalera que bajaba a la playa. Desde ahí veían algunas casetas de particulares en la arena y, delante de ellas, a cuatro señores jugando al *bridge* junto a sus mujeres, que charlaban mientras bordaban.

Más lejos, hacia el mar, había otra caseta aislada y cerrada.

Media docena de niños jugaban descalzos en el agua.

—Bueno —dijo Hortense—, demasiada tranquilidad y encanto otoñal para mi gusto. A pesar de todo, considero todas sus suposiciones dignas de crédito, así que ya no puedo dejar de pensar en este siniestro asunto.

—Siniestro, querida amiga, esa es la palabra exacta. Y créame que, desde anteayer, lo he estudiado desde todos los frentes... Por desgracia, ha sido inútil.

—Inútil —repitió Hortense—. Entonces, ¿qué va a pasar? —Y casi pensando en voz alta, añadió—: De toda esta gente, ¿quién está amenazada? La muerte ya ha elegido a su víctima. ¿Quién es? ¿La mujer rubia que se balancea riéndose? ¿El señor alto que fuma? ¿Y quién oculta en su interior la idea del crimen? Estas personas son pacíficas y se divierten. Sin embargo, la muerte ronda a su alrededor.

—Válgame el cielo —dijo Rénine—, le apasiona el asunto. ¡Eh! ¿No se lo había dicho? Todo es aventura en la vida y no hay nada mejor que la aventura. Aquí está usted, ansiosa, a la expectativa de lo que pueda suceder. Usted participa en todos los dramas que palpitan a su alrededor y la sensación de misterio se despierta en su cabeza. ¡Fíjese cómo la observa atentamente ese matrimonio que se acerca! ¡Nunca se sabe! Quizá él es quien quiere liquidar a su mujer... O ella la que sueña con hacer desaparecer a su marido.

—¿Los Imbreval? ¡Ni pensarlo! ¡Un matrimonio magnífico! Ayer estuve charlando un buen rato con la mujer en el hotel y usted...

—¡Ah, sí! Yo jugué a golf con Jacques de Imbreval, que se las da un poco de atleta, y también jugué a las muñecas con sus dos hijitas; son un encanto.

Los Imbreval se había acercado y los saludaron. La señora les contó que sus dos hijitas habían regresado a París esa misma mañana, con la niñera.

Su marido, un hombre robusto con barba rubia, que llevaba una chaqueta de lanilla en el brazo y sacaba pecho debajo de una camisa de punto flojo, se quejaba del calor.

Después de despedirse de Rénine y Hortense, el señor de Imbreval, de pie en lo alto de la escalera, a pocos metros de distancia, le preguntó a su mujer:

—Thérèse, ¿tienes la llave de la caseta?

—Toma, aquí está —respondió su mujer—. ¿Vas a leer los periódicos?

—Sí. Salvo que demos una vuelta juntos.

—Mejor por la tarde, ¿te parece? Tengo que escribir diez cartas esta mañana.

—Estupendo. Subiremos a los acantilados.

Hortense y Rénine se miraron sorprendidos. ¿Habían mencionado el paseo por casualidad o, al contrario de lo que se figuraban, tenían delante al matrimonio que buscaban?

Hortense intentó bromear.

—Tengo palpitaciones —murmuró—. No obstante, me niego rotundamente a creer algo tan inverosímil. Ayer, ella me dijo: «Mi marido y yo no hemos discutido ni una vez». No, está claro que esas dos personas se llevan de maravilla.

—Ya veremos dentro de un rato si uno de los dos acude a reunirse con los hermanos en las Tres Mathildes.

El señor de Imbreval había bajado las escaleras, mientras su mujer seguía apoyada en la balaustrada de la terraza. Ella tenía una bonita figura, delgada y ágil, y un perfil que destacaba, acentuado por un mentón huidizo. Cuando él estaba relajado y no sonreía, su cara expresaba tristeza y sufrimiento.

—Jacques, ¿has perdido algo? —le preguntó en voz alta la señora de Imbreval a su marido, que estaba en la arena.

—Sí, la llave. Se me ha caído...

Ella se acercó y le ayudó a buscar. Durante dos o tres minutos Hortense y Rénine los perdieron de vista, porque se habían desviado hacia la izquierda y estaban agachados en la parte baja del talud. A lo lejos, los jugadores de *bridge* se enzarzaron en una discusión y sus gritos no dejaban oír a los Imbreval.

Los dos se incorporaron casi al mismo tiempo. Ella subió unos cuantos escalones, pero se detuvo, de cara al mar. Él se había puesto la chaqueta en los hombros y se dirigía hacia la caseta aislada. Pero los jugadores lo detuvieron y le pidieron que hiciera de juez, mostrándole las cartas extendidas en la mesa. Con un gesto, se negó a opinar, luego se alejó, caminó los pocos metros que lo separaban de la caseta, la abrió y entró.

Thérèse de Imbreval volvió a la terraza y se quedó diez minutos sentada en un banco. A continuación, se fue del casino. Hortense se asomó un poco y la vio entrar en uno de los chalets anexos al hotel Hauville. Al poco rato, volvió a verla en el balcón del chalet.

—Las once —dijo Rénine—. Sea ella, o alguno de los jugadores, o una de sus mujeres o cualquier otra persona, dentro de poco alguien acudirá a una cita.

Pero pasaron veinte minutos, veinticinco, y nadie se había movido.

—La señora de Imbreval quizá se haya ido —insinuó Hortense, más nerviosa a cada momento—. Ya no está en el balcón.

—Si ha ido a las Tres Mathildes —respondió Rénine—, la sorprenderemos allí.

Cuando el príncipe iba a levantarse, los jugadores se enzarzaron en otra discusión y uno dijo:

—Preguntemos a Imbreval.

—De acuerdo —respondió otro—. Eso lo admito... Bueno, si quiere hacer de árbitro. Antes estaba de mal humor.

—¡Imbreval, Imbreval! —lo llamaron a gritos.

Entonces se dieron cuenta de que Imbreval debía de haber cerrado la puerta por dentro, lo que lo dejaba medio a oscuras, porque esas casetas no tienen ventanas.

—Está dormido —gritaron—. Vamos a despertarlo.

—¡Imbreval, Imbreval!

Los cuatro fueron a la caseta y empezaron a llamarlo. Como no respondía, golpearon la puerta.

—¡Vaya, Imbreval! ¿Se ha dormido?

En la terraza, Serge Rénine se levantó de repente. Parecía muy preocupado y a Hortense le extrañó.

—¡Ojalá no sea demasiado tarde! —murmuró.

Y para cuando Hortense quiso preguntarle qué ocurría, él ya estaba bajando a toda prisa las escaleras y luego echó a correr hacia la caseta. Llegó justo en el momento en el que los jugadores arremetían contra la puerta.

—¡Alto! Las cosas hay que hacerlas siguiendo los protocolos.

—¿Qué cosas? —dijeron extrañados.

Rénine examinó las persianas que cubrían las ventanas, se dio cuenta de que una de las láminas de la parte superior estaba medio rota, se colgó como pudo del techo de la caseta y echó una ojeada dentro.

—¿Qué pasa? ¿Ve usted algo? —le preguntaron.

Rénine se volvió y dijo a los cuatro jugadores:

—He pensado que, si el señor de Imbreval no contestaba, sería porque algo grave se lo impedía.

—¿Algo grave?

—Sí, hay muchos motivos para pensar que Imbreval está herido... o muerto.

—¿Cómo muerto? Acaba de estar con nosotros.

Rénine sacó su navaja, manipuló la cerradura y abrió la puerta.

Se oyeron gritos de horror. El señor de Imbreval estaba tumbado en el suelo, boca abajo, sujetando con las manos crispadas la chaqueta y el periódico. Le corría sangre por la espalda y la camisa estaba enrojecida.

—¡Vaya! —gritó uno de los jugadores—. Se ha matado.

—¿Cómo iba a hacerlo? —respondió Rénine—. La herida está en mitad de la espalda, ahí la mano no llega. Además, no hay armas en la caseta.

Los jugadores protestaron:

—Entonces, ¿lo han asesinado? Eso es imposible. Aquí no ha venido nadie, porque nosotros lo habríamos visto... No ha podido pasar nadie por aquí sin que lo viéramos.

El resto de los señores, todas las mujeres y los niños que jugaban en la orilla llegaron corriendo. Rénine impidió que se acercaran a la caseta.

Había un médico: entró él solo. Pero únicamente pudo confirmar la muerte de Imbreval, muerte por arma blanca.

En ese momento, el alcalde y los policías municipales llegaron con gente de la zona. Hicieron las comprobaciones habituales y se llevaron el cadáver.

Algunas personas ya habían ido a avisar a Thérèse de Imbreval, que estaba otra vez en el balcón.

De manera que se había cumplido el drama sin que ningún indicio pudiera explicar cómo es posible asesinar, en pocos minutos, a un hombre encerrado con llave en una caseta con la cerradura intacta, delante de veinte testigos o, más bien, de veinte espectadores. Nadie había entrado ni salido de la caseta. Tampoco apareció el arma con la que habían apuñalado entre los hombros al señor de Imbreval. Si no hubiera sido porque se trataba de un crimen espantoso, cometido de una manera completamente misteriosa, solo cabría pensar en un truco de magia ejecutado por un mago habilidoso.

Hortense no pudo seguir al grupito que iba en busca de la señora de Imbreval, como Rénine hubiese querido. La emoción la paralizó. Era la primera vez que las aventuras con Rénine la llevaban al mismo meollo de la acción y que, en lugar de ver las consecuencias de un crimen o mezclarse en la persecución de los culpables, se encontraba frente al propio crimen.

Hortense estaba temblorosa y balbuceaba:

—¡Qué horror! ¡Pobre hombre! ¡Ay, Rénine, a él no ha podido salvarlo! Y esto es lo que más me altera; nosotros podríamos..., no, nosotros deberíamos haberlo salvado, porque conocíamos el complot...

Rénine le dio un frasco de sales para respirar y, cuando se tranquilizó, observándola atentamente, le preguntó:

—Entonces, ¿usted cree que este asesinato está relacionado con el complot que queríamos desbaratar?

—Por supuesto —respondió, sorprendida por la pregunta.

—En ese caso, si es cierto que el complot lo había tramado el marido contra la mujer o viceversa, y dado que el marido ha sido asesinado, ¿admite que la señora de Imbreval...?

—¡No! Imposible —dijo Hortense con firmeza—. Para empezar, la señora de Imbreval no ha salido del chalet... y, después, jamás creería que esa agradable mujer fuera capaz... No, no... Evidentemente, hay algo más...

—¿Qué más?

—No lo sé... Quizá entendieron mal lo que dijeron los hermanos... ¿Es usted consciente de que las circunstancias del crimen son completamente diferentes? Otra hora, otro lugar...

—Por lo tanto —terminó Rénine—, ¿cree usted que no hay ninguna relación entre los dos casos?

—¡Ay! ¡No tiene sentido! —dijo Hortense—. ¡Todo es muy extraño!

Rénine le respondió con cierta ironía:

—Hoy, mi alumna no está a la altura de su maestro.

—¿Por qué?

—¿Perdón? Esta es una historia muy simple, que ha sucedido delante de sus ojos, la ha visto desarrollarse como una escena de cine, ¡y aún le parece tan incomprensible como si estuviera oyendo hablar de un caso que ha ocurrido en un sótano a treinta kilómetros de aquí!

Hortense estaba confusa.

—¿Qué dice? ¡Cómo! ¿Usted lo entiende? ¿Tiene alguna pista?

Rénine miró la hora.

—No lo entiendo *todo*. El propio crimen, con toda su crudeza, sí. Pero lo fundamental, es decir, la psicología del crimen, sobre eso no tengo ninguna pista. Bueno, son las doce. Los hermanos se habrán dado cuenta de que nadie acude a la cita de las Tres Mathildes y bajarán a la playa. ¿No cree que entonces conseguiremos información sobre el cómplice que achacó a los hermanos y sobre la relación entre los dos casos?

Fueron a la explanada que bordeaba los chalets del Hauville, donde los pescadores suben sus barcas con los cabestrantes. Había muchos curiosos en la puerta de un chalet. Dos carabineros de guardia prohibían la entrada.

El alcalde se abrió paso con energía entre la muchedumbre. Llegaba de la oficina de correos, donde había telefoneado a El Havre. Desde la fiscalía le respondieron que el fiscal y un juez de instrucción llegarían a Étretat a lo largo de la tarde.

—Tenemos mucho tiempo para comer —dijo Rénine—. El drama no se interpretará antes de las dos o las tres de la tarde. Y me parece que será subido de tono.

Aun así, se apresuraron. Hortense estaba sobreexcitada por el cansancio y las ansias de saber, y no dejaba de hacer preguntas a Rénine. Este respondía con evasivas, mirando hacia la explanada, que veían a través de los cristales del comedor.

—¿Vigila la explanada por si ve a los hermanos? —preguntó Hortense.

—Sí, así es.

—¿Está seguro de que se arriesgarán...?

—¡Cuidado! Ahí están.

Rénine salió rápidamente.

Al final de la calle principal, un hombre y una mujer caminaban con paso indeciso, como si no conociesen la ciudad. El hermano era un hombre bajito y enclenque, tenía la tez aceitunada y llevaba una gorra de automovilista. La hermana, que llevaba un abrigo enorme, también era baja, aunque bastante fuerte, y les pareció algo mayor, pero aún hermosa, debajo del velo que le cubría el rostro.

Los hermanos vieron los corrillos de personas y se acercaron. La forma de andar traicionaba su preocupación e incertidumbre.

La hermana abordó a un marinero. Después de oír las primeras palabras, probablemente sobre la muerte de Imbreval, soltó un grito e intentó abrirse paso. Cuando el hermano se enteró de lo ocurrido, también se hizo sitio a codazos y se dirigió a los carabineros:

—Soy amigo de Imbreval... Aquí tienen mi tarjeta, Frédéric Astaing... Mi hermana, Germaine Astaing, es íntima de la señora de Imbreval. Nos esperaban... ¡Estábamos citados con ellos!

Les dejaron pasar. Rénine, sin decir ni una palabra, se metió en la casa detrás de ellos, con Hortense.

En la segunda planta del chalet, los Imbreval ocupaban cuatro habitaciones y un salón. La hermana se precipitó a una de las habitaciones y se arrodilló delante de la cama donde habían depositado el cadáver. Thérèse de Imbreval estaba en el salón sollozando, rodeada de algunas personas en silencio. El hermano se sentó a su lado, le sujetó con fuerza las manos y la consoló con una voz temblorosa:

—Pobre amiga... Pobre amiga...

Rénine y Hortense observaron durante un buen rato a la pareja y Hortense susurró:

—¿Matar por ese individuo? ¡Imposible!

—No obstante, ellos se conocían —señaló Rénine—, y sabemos que Frédéric Astaing y su hermana conocían a una tercera persona que era el cómplice. De manera que...

—Imposible —insistió Hortense.

Hortense, pese a todas las sospechas, sentía una gran simpatía por la señora de Imbreval y, cuando Frédéric Astaing se levantó, fue a sentarse junto a ella y la consoló con dulzura. Las lágrimas de la pobre infeliz la afectaron profundamente.

Rénine, por su parte, se dedicó a observar a los hermanos de cerca y, como si eso fuera muy importante, no despegó la mirada de Frédéric Astaing, que, con aire indiferente, empezó una inspección minuciosa de la casa: revisó el salón, entró en todas las habitaciones, se unió a los distintos grupos e hizo preguntas sobre cómo se había cometido el crimen. Su hermana se acercó dos veces a hablar con él. Luego, él volvió junto a la señora de Imbreval y se sentó de nuevo a su lado, muy compasivo y atento. Por último, sostuvo una larga conversación con su hermana en la antesala y a continuación se separaron, como si ya se hubieran puesto de acuerdo en todo. Frédéric se fue. El tejemaneje había durado sus buenos treinta o cuarenta minutos.

En ese momento apareció delante de los chalets el automóvil que traía al juez de instrucción y al fiscal. Rénine, que esperaba su llegada más tarde, le dijo a Hortense:

—Hay que darse prisa. No se separe de la señora de Imbreval bajo ningún concepto.

Las autoridades ordenaron notificar a las personas cuyo testimonio podía ser de utilidad que se reuniesen en la playa, donde el juez de instrucción iniciaría una investigación preliminar. Luego iría a interrogar a la señora de

Imbreval. Así que todos los presentes salieron de la casa. Solo quedaron los dos carabineros de guardia y Germaine Astaing.

Germaine se arrodilló por última vez junto al muerto y, encorvada delante de él, con la cabeza entre las manos, rezó un buen rato. Después se levantó y cuando iba a abrir la puerta de la escalera, Rénine se acercó a ella.

—Me gustaría hablar con usted, señora.

La mujer pareció sorprendida y respondió:

—Dígame, señor, le escucho.

—Aquí no.

—Pues ¿dónde?

—Ahí mismo, en el salón.

—No —respondió enérgicamente.

—¿Por qué? Aunque ni siquiera ha estrechado la mano a la señora de Imbreval, supongo que son amigas, ¿me equivoco?

Rénine la llevó a la otra habitación sin darle tiempo a reaccionar, cerró la puerta e, inmediatamente, corrió hacia la señora de Imbreval, que quería salir de allí para ir a su dormitorio, y le dijo:

—No, señora, escuche, se lo suplico. No debe marcharse para evitar a la señora Astaing. Tenemos que hablar de asuntos muy serios y sin perder ni un minuto.

De pie una frente a la otra, las dos mujeres se miraban con la misma expresión de odio implacable y en las dos se adivinaba la misma alteración y rabia contenida. Hortense, que hasta ese momento las creía amigas y hasta cierto punto cómplices, se quedó horrorizada ante el enfrentamiento que adivinaba y que se produciría inevitablemente. Obligó a Thérèse de Imbreval a sentarse, mientras Rénine se colocaba en medio de la habitación y hablaba con una voz firme:

—Casualmente, estoy al corriente de la verdad, y esto me permitirá salvarlas, siempre que quieran ayudarme con una explicación sincera que me proporcione la información que necesito. Cada una de ustedes conoce el peligro al que se enfrenta, porque las dos, en su fuero interno, saben el daño del que son responsables. Pero las ciega el odio y me corresponde a mí ver con claridad y actuar. Dentro de media hora, el juez de instrucción vendrá aquí. Antes de que llegue, tenemos que haber cerrado un acuerdo. —Las dos se sobresaltaron, como si esa palabra las hubiera golpeado—. Sí, un acuerdo —insistió con más autoridad—. Lo quieran o no, llegaremos a un acuerdo. Ustedes no son las únicas implicadas. Están sus dos hijas pequeñas, señora de Imbreval. Las circunstancias me han cruzado en el camino de esas niñas y actúo en su defensa y salvación. Un error, una palabra de más, y las dos niñas están perdidas. Eso no ocurrirá. —La señora de Imbreval se derrumbó al recordar a sus hijas y se echó a llorar. Germaine Astaing se encogió de hombros e hizo un movimiento hacia la puerta, que Rénine frenó de nuevo—. ¿A dónde va?

—El juez de instrucción me ha convocado.

—No.

—Sí, igual que a todos los que tienen que testificar.

—Usted no estaba ahí. No sabe nada de lo que pasó. Nadie sabe nada de ese crimen.

—Yo sé quién lo cometió.

—¡Imposible!

—Thérèse de Imbreval.

Soltó la acusación con un estallido de rabia y un gesto de amenaza furibundo.

—¡Miserable! —gritó la señora de Imbreval, lanzándose hacia ella—. ¡Vete de aquí! ¡Vete de aquí! ¡Ay, qué mujer más miserable!

Hortense intentaba sujetarla, pero Rénine le dijo en voz baja:

—Déjelas, es lo que quería..., enfrentarlas y así provocar que todo salga a la luz.

Ante aquel insulto, la señora Astaing trató de burlarse con una mueca que le crispó los labios y, riendo sarcásticamente, dijo:

—¡Miserable! ¿Por qué? ¿Por acusarte?

—¡Por todo! ¡Por todo! ¡Eres una miserable! ¿Lo oyes, Germaine? ¡Una miserable!

Thérèse de Imbreval repetía el insulto como si la aliviara. Su rabia se aplacaba. Quizá, en realidad, ya no tenía la fuerza suficiente para sostener la lucha, pero fue Germaine la que reanudó el ataque, con los puños apretados, la cara descompuesta y veinte años más encima.

—¡Tú! ¡Te atreves tú a insultarme! ¡Tú! ¡Después del crimen que has cometido! ¡Te atreves a hablar con arrogancia cuando el hombre que has matado está ahí, en su lecho de muerte! ¡Ay, si una de nosotras es miserable, sabes muy bien que esa eres tú, Thérèse! ¡Has matado a tu marido! ¡Has matado a tu marido! —Las palabras que salían de su boca la enfurecían, se abalanzó hacia Thérèse y casi llegó a arañarle la cara—. ¡Bueno! No niegues que lo has matado —gritó—. No lo niegues, te lo prohíbo. ¡No lo niegues! El puñal está en tu bolso. Mi hermano lo tocó mientras hablaba contigo y sacó la mano manchada de sangre. La sangre de tu marido, Thérèse. Además, aunque no hubiera descubierto nada, ¿crees que no lo adiviné desde el primer minuto? Thérèse, supe la verdad inmediatamente. Cuando un marinero me dijo ahí abajo: «¿El señor de Imbreval? Lo han asesinado», inmediatamente pensé: «Ha sido ella, Thérèse. Ella lo ha matado».

Thérèse no respondía. No hacía ni el menor gesto de protesta. Hortense, que la observaba angustiada, quiso adivinar en ella el abatimiento de los que se sienten perdidos. Tenía las mejillas hundidas y una expresión en la cara tan desesperada que Hortense se compadeció de ella y le suplicó que se defendiera.

—Explíquese, se lo ruego. Cuando se cometió el crimen, usted estaba aquí, en el balcón... Entonces, ese puñal, ¿cómo pudo...? ¿Cómo se explica eso?

—¡Explicaciones! —dijo socarronamente Germaine Astaing—. ¿Cree que podría darlas? ¡Qué más dan las circunstancias del crimen! ¡Qué más da lo que se haya visto o lo que no! Lo principal es la prueba..., el hecho de que el puñal está ahí, en tu bolso, Thérèse. ¡Sí, sí, has sido tú! ¡Tú lo mataste! ¡Acabaste matándolo! ¡Ay! Cuántas veces le dije a mi hermano: «¡Thérèse lo matará!». Frédéric intentaba defenderte, siempre ha sentido debilidad por ti. Pero, en el fondo, él sabía lo que iba a pasar... Y ahí lo tienes, ¡el suceso atroz se ha cumplido! Una puñalada en la espalda. ¡Cobarde! ¡Cobarde! ¿Y creen que no diré nada? No lo he dudado ni por un segundo... ¡Frédéric tampoco! Hace un rato, buscamos pruebas... Voy a denunciarte con todo mi juicio y toda mi voluntad... Y se acabó, Thérèse. Has perdido. No puedes salvarte.

El puñal está en ese bolso que agarras con la mano crispada. Cuando el juez venga, lo encontrará ahí, manchado con la sangre de tu marido. Y también encontrará su cartera. Las dos cosas están ahí. Las encontrará...

La rabia y desesperación que sentía no le permitieron continuar y se quedó con los brazos colgando y la mandíbula temblorosa.

Rénine agarró despacio el bolso de Thérèse de Imbreval. La mujer se aferraba a él, pero Rénine insistió y le dijo:

—Déjeme a mí, señora. Su amiga Germaine tiene razón. El juez de instrucción vendrá, y el hecho de que el puñal esté en su poder hará que la detengan inmediatamente. Eso no debe ocurrir. Déjeme a mí.

Su voz sugerente debilitaba la resistencia de Thérèse. La mujer aflojó los dedos uno a uno. Rénine cogió el bolso, lo abrió y sacó un puñal pequeño con mango de ébano y una cartera de tafilete gris y, con toda la calma, metió los dos objetos en el bolsillo interior de su chaqueta.

Germaine Astaing lo miraba sin dar crédito.

—Señor, ¡está loco! ¿Con qué derecho...?

—No hay que dejar que estos objetos anden por ahí. Así ya estoy tranquilo. El juez no los buscará en mi bolsillo.

—Pero lo denunciaré yo —dijo Germaine indignada—. Informaré a la justicia.

—No, por supuesto que no —respondió Rénine riendo—, ¡usted no dirá nada! Este asunto no incumbe a la justicia. Ustedes dos deben solucionar en privado el conflicto que las enfrenta. ¡Qué estupidez mezclar a la justicia en todos los incidentes de la vida!

La señora Astaing se quedaba sin aliento.

—¿En calidad de qué habla usted así? ¿Quién es usted? ¿Un amigo de esta mujer?

—Desde el momento en que usted la ataca, sí.

—La ataco porque es culpable. Usted no puede negarlo. ¡Mató a su marido!

—No lo niego —declaró Rénine muy tranquilo—. En eso estamos todos de acuerdo. Thérèse de Imbreval mató a su marido. Pero, insisto, la justicia no debe saberlo.

—Lo sabrá, porque yo se lo diré, se lo juro. Esta mujer merece un castigo..., ha matado.

Rénine se acercó a Germaine, le puso una mano en el hombro y le dijo:

—Antes me preguntaba en calidad de qué intervenía yo. ¿Y usted, señora?

—Yo era amiga de Jacques de Imbreval.

—¿Solo amiga?

Germaine se desconcertó ligeramente, pero se recuperó al instante y respondió:

—Era amiga suya y mi deber es vengarlo.

—Pues, a pesar de eso, usted se quedará callada, como hizo él.

—Jacques no supo que iba a morir.

—Se equivoca. Él podría haber acusado a su mujer, tuvo tiempo de hacerlo y no dijo nada.

—¿Por qué?

—Por sus hijas.

La señora Astaing no se tranquilizaba, seguía ansiosa de venganza y con la misma aversión. Pero, a pesar de todo, se sometía a la influencia de Rénine. En la pequeña habitación cerrada, donde tanto odio se enfrentaba, él iba dominando la situación poco a poco, y Germaine Astaing se daba cuenta de cuánto consolaba a la señora de Imbreval ese apoyo inesperado que se le presentaba al borde del abismo.

—Se lo agradezco, señor —dijo Thérèse—. Y dado que usted ha visto clara la situación, también sabrá que no me he entregado a la justicia por mis hijas. Si no..., ¡estoy tan cansada!

La escena cambiaba y la situación tomaba un cariz distinto. El hecho es que, gracias a algunas palabras que se dijeron en la discusión, la culpable enderezaba la cabeza y se tranquilizaba, mientras que quien la acusaba vacilaba y parecía inquieta. Y el hecho es que Germaine ya no se atrevía a hablar, mientras que Thérèse llegaba al punto en el que necesitaba hablar y decir con toda naturalidad las palabras que confiesan y alivian.

—Ahora —le dijo con dulzura Rénine— creo que ya puede y debe explicarse.

—Sí, sí, yo también lo creo —afirmó Thérèse—. Debo responder a esta mujer con la verdad a secas, ¿no es así? —Volvió a llorar y, derrumbada en el sillón, también ella con el rostro envejecido y arrasado por el dolor, contó lo que había sucedido en voz muy baja, sin rabia y con frases entrecortadas—: Esta mujer es amante de mi marido desde hace cuatro años. ¡Lo que he sufrido! Ella misma, con toda su maldad, me confesó la aventura. Me odiaba más de lo que amaba a Jacques... Y cada día una nueva humillación; me llamaba por teléfono para contarme sus encuentros. Me hacía sufrir tanto para que me suicidara. Y lo pensé muchas veces, pero aguanté por mis hijas... Sin embargo, Jacques se debilitaba. Germaine le exigía que se divorciara y él se dejaba arrastrar poco a poco, dominado por esta mujer y por su hermano, que es aún más hipócrita y más peligroso. Yo me daba cuenta de todo. Jacques se volvía duro conmigo. No tenía el valor de irse y yo era el obstáculo; estaba resentido conmigo. ¡Dios mío, qué tortura!

—Tenías que haberlo dejado libre —gritó Germaine Astaing—. No se mata a un hombre porque quiera divorciarse.

Thérèse sacudió la cabeza y respondió:

—No lo maté porque quisiera el divorcio. Si lo hubiese querido de verdad, se habría marchado y entonces yo, ¿qué podía hacer? Pero tus planes cambiaron, Germaine, ya no te bastaba con el divorcio y conseguiste algo más de él. Tu hermano y tú le exigisteis algo mucho más grave y él, por cobardía y a su pesar, os lo concedió...

—¿Qué quieres decir? —balbuceó Germaine—. ¿Qué más?

—Mi muerte.

—¡Mientes! —gritó la señora Astaing.

Thérèse no levantó la voz. No hizo ni un gesto de odio o indignación y simplemente repitió:

—Mi muerte, Germaine. Leí las últimas cartas que le escribiste, seis cartas que cometió la locura de dejar olvidadas en la cartera. En ninguna de las seis estaba escrita la palabra terrible, pero se entreveía en cada línea. ¡Las leí temblando! ¡Hasta dónde había llegado Jacques! En cualquier caso, a mí no se me ocurrió ni por un segundo atacarle a él. Una mujer como yo, Germaine, no mata deliberadamente. Perdí la cabeza..., más tarde..., por tu culpa...

Thérèse se volvió hacia Rénine, como para preguntarle si no corría peligro al hablar y contar la verdad.

—No tenga miedo —le aseguró—, yo respondo de todo.

La señora de Imbreval se pasó la mano por la frente. Revivía la terrible escena y la torturaba. Germaine Astaing no se movía, estaba con los brazos cruzados y una mirada inquieta, mientras Hortense Daniel esperaba ansiosamente la confesión del crimen y la explicación del misterio impenetrable.

—Más tarde y por tu culpa, Germaine —repitió Thérèse—. Yo había vuelto a dejar la cartera en el cajón donde Jacques la guardaba y, esta mañana, no le dije nada... No quería decirle que lo sabía. Era demasiado horrible. Pero tenía que darme prisa..., en las cartas le decías que vendrías hoy a escondidas. Primero pensé en huir y tirarme al tren... Yo había cogido el puñal instintivamente, para defenderme. Pero cuando Jacques y yo fuimos a la playa, ya me había resignado. Sí, aceptaba morir. «Morir y que toda esta pesadilla termine», pensaba. Pero, por mis hijas, quería que mi muerte pareciera un accidente y que no acusaran a Jacques. Por eso, tu plan del acantilado me servía. Una caída desde lo alto de un acantilado parece completamente natural. Jacques se fue a la caseta, luego tenía que reunirse contigo en las Tres Mathildes. De camino a la caseta, se le cayó la llave, debajo de la terraza. Yo bajé y le ayudé a buscarla. Fue entonces..., por tu culpa..., sí, Germaine, por tu culpa. La cartera de Jacques se cayó del bolsillo de la chaqueta y él no se dio cuenta, y de la cartera salió una fotografía que reconocí al instante... Una foto de este año, en la que yo estaba con mis hijas. La recogí y lo vi... Germaine, sabes muy bien qué vi. En la foto, aparecías tú en mi lugar. ¡Me habías borrado y te habías puesto tú, Germaine! Era tu cara. Tenías el brazo sobre los hombros de mi hija mayor, y la pequeña estaba en tus rodillas. Germaine, tú eras la mujer de mi marido..., tú, la futura madre de mis hijas, tú las educarías... ¡Tú! ¡Tú! Entonces perdí la cabeza. Tenía el puñal... Jacques estaba agachado... y lo apuñalé...

No había ni una palabra en esa confesión que no fuera rigurosamente cierta. Quienes la escuchaban estaban completamente convencidos. A Hortense y a Rénine les pareció desgarrador y trágico. Thérèse se había sentado extenuada, pero seguía hablando con palabras incomprensibles. Poco a poco, inclinándose sobre ella, pudieron oír:

—Creía que la gente de alrededor gritaría y me detendrían... Nada. Todo había ocurrido de una manera y en unas circunstancias que nadie había visto nada. Y más aún, Jacques se había incorporado a la vez que yo ¡y no se derrumbaba! ¡No, no se derrumbaba! ¡Lo había apuñalado y seguía de pie! Subí a la terraza y desde allí lo vi. Se había puesto la chaqueta en los hombros, evidentemente para esconder la herida, y se alejaba sin vacilar... o tan poco que solo yo me daba cuenta. Incluso llegó a hablar con unos amigos que jugaban a cartas, luego fue a la caseta y desapareció. Al poco, yo volví a casa. Estaba convencida de que todo esto solo había sido un mal sueño. No lo había matado o la herida era muy pequeña y Jacques saldría de la caseta. Estaba segura. Vigilaba desde el balcón. Si por un segundo hubiera creído que necesitaba ayuda, habría corrido hasta allí. Pero, realmente, no supe..., no lo adiviné... La gente habla de presentimientos, es mentira. Yo estaba muy tranquila, como estás precisamente después de una pesadilla, cuando el recuerdo se borra. No, se lo juro, no lo supe hasta que...

Thérèse guardó silencio. Se ahogaba en sollozos.

Rénine acabó la frase:

—Hasta que vinieron a avisarla, ¿no es así?

Thérèse balbuceó:

—Sí. En ese momento fui consciente de mi acto. Creí que me volvería loca y que gritaría a toda esa gente: «¡Pero si lo hice yo! No investiguen más. Aquí tienen el puñal. Yo soy la culpable». Sí, lo iba a gritar, cuando, de pronto, vi a mi pobre Jacques. Lo traían a casa. Tenía una expresión de paz y dulzura en la cara. Delante de él, comprendí mi deber, igual que él había comprendido el suyo. Él se calló por las niñas, yo también me callaría por ellas. Los dos éramos culpables del asesinato del que él fue víctima. Ambos debíamos hacer todo lo posible para que el crimen no recayera en ninguno. En su agonía, lo vio claro. Tuvo la inaudita valentía de caminar, de responder a los que le hablaron y de encerrarse para morir. Haciendo eso borró de un plumazo todas sus faltas y así me perdonó a mí también. Al no denunciarme, me ordenaba callar y defenderme de todo, sobre todo de ti, Germaine.

Thérèse pronunció las últimas palabras con más firmeza. Al principio estaba consternada porque había matado a su marido en un acto inconsciente, pero pensar en lo que él había hecho le daba algo de fuerza y la armaba de su misma energía. Apretaba los puños dispuesta a luchar con toda su voluntad contra la manipuladora, cuyo odio los había llevado a la muerte y al asesinato.

Germaine Astaing no protestaba. Había escuchado sin decir nada, con cara implacable y una expresión que se endurecía a medida que el testimonio se hacía más conciso. No parecía ablandarse por la emoción ni sentir remordimientos. A lo sumo, hacia el final, se esbozó una ligera sonrisa en sus finos labios, como si se alegrase por el giro de los acontecimientos. Tenía su presa.

Lentamente, se ajustó el sombrero y se empolvó la nariz mirándose a un espejo. Luego se fue hacia la puerta. Thérèse se precipitó hacia ella.

—¿A dónde vas?

—A donde me apetezca.

—¿A ver al juez de instrucción?

—Probablemente.

—¡No saldrás por esa puerta!

—De acuerdo. Lo esperaré aquí.

—¿Y qué le dirás?

—¡Vaya pregunta! Todo lo que has dicho, todo lo que me has dicho con tanta ingenuidad. ¿Cómo dudaría de eso? Me has dado todas las explicaciones.

Thérèse la sujetó de los hombros.

—Sí, pues entonces yo le explicaré otras cosas, Germaine, que te afectan a ti. Si me condenan a mí, a ti también.

—No tienes nada contra mí.

—Puedo denunciarte y presentar las cartas.

—¿Qué cartas?

—Las cartas en las que decidíais mi muerte.

—¡Mentira, Thérèse! Sabes perfectamente que ese famoso complot contra ti solo existe en tu imaginación. Ni Jacques ni yo queríamos que murieses.

—Tú sí que lo querías. Tus cartas te delatan.

—Mentira. Eran unas cartas entre amigos.

—Unas cartas de una amante a su cómplice.

—Demuéstralo.

—Aquí están, en la cartera de Jacques.

—No.

—¿Qué dices?

—Digo que las cartas son mías y las he recuperado. O, mejor dicho, mi hermano las recuperó.

—¡Miserable, las has robado y vas a devolvérmelas! —gritó Thérèse zarandeándola.

—Ya no las tengo. Mi hermano cuida de ellas. Se las llevó.

—Me las devolverá.

—Mi hermano se ha ido.

—Lo encontraremos.

—A él probablemente sí, pero las cartas no. Unas cartas así se rompen.

Thérèse se tambaleó y estiró las manos en dirección a Rénine con aire desesperado.

Entonces, Rénine lo confirmó:

—Lo que dice es cierto. Vi las artimañas de su hermano cuando rebuscaba en su bolso. Se llevó la cartera, la registró delante de su hermana, volvió a dejarla en su sitio y se marchó con las cartas. —Rénine hizo una pausa antes de añadir—: Al menos con cinco cartas. —Soltó la frase como si nada, pero todos comprendieron que era de suma importancia. Las dos mujeres se acercaron a él. ¿Qué quería decir? Si Frédéric Astaing solo se había llevado cinco cartas, ¿dónde estaba la sexta?—. Supongo que —añadió—, cuando la cartera cayó a la arena, también cayeron la carta y la fotografía que debió de recoger la señora de Imbreval.

—¿Qué sabe usted de eso? ¿Qué sabe? —preguntó la señora Astaing con un tono tembloroso.

—La encontré en el bolsillo de la chaqueta de lanilla. Aquí está. La firma Germaine Astaing, y basta con creces para determinar las intenciones de quien la escribe y los consejos que esta da a su amante para cometer un asesinato. No obstante, me desconcierta que una mujer tan astuta como usted pueda cometer semejante imprudencia. —La señora Astaing estaba lívida y tan confundida que ni intentó defenderse. Rénine continuó hablando, dirigiéndose a ella—: En mi opinión, señora, usted es la responsable de todo lo ocurrido. Probablemente arruinada y sin recursos, quiso aprovecharse de los sentimientos del señor de Imbreval para obligarlo a casarse con usted, pese a todos los obstáculos, y así hacerse con su fortuna. Yo tengo la prueba de su espíritu avaricioso y sus intenciones detestables y podría entregarla a la justicia. Usted registró el bolsillo de la chaqueta de lanilla muy poco después que yo. Yo ya tenía la sexta carta, pero dejé en el bolsillo un papel que usted buscaba desesperadamente y que también debió de caerse de la cartera. Era un cheque al portador de 100 000 francos, firmado por el señor de Imbreval, para su hermano. Un sencillo regalo de boda, una propina por los servicios, que se dice. Su hermano, siguiendo sus instrucciones, salió volando en coche a El Havre y, sin duda, se presentó antes de las cuatro en el banco donde estaba depositado el dinero. Le aviso, dicho sea de paso, que su hermano no lo tocará, porque llamé por teléfono al banco para informarles del asesinato del señor de Imbreval, lo que cancela cualquier pago. Como resultado de todo esto, la justicia tendrá a su disposición, si usted insiste en sus planes de venganza, todas las pruebas necesarias contra usted y su hermano. Y yo podría añadir, como testigo instrumental, el relato de la conversación telefónica entre su hermano y usted que detectamos la semana pasada, cuando hablaban en español con javanés. Pero estoy seguro de que no me obligará a estas medidas extremas y de que estamos completamente de acuerdo en todo, ¿verdad?

Rénine se expresaba con una tranquilidad impresionante y con el atrevimiento propio de quien sabe que nadie opondrá la menor objeción. Realmente parecía que no podía equivocarse. Mencionaba los hechos tal y como habían ocurrido y sacaba las conclusiones necesarias que, con toda lógica, esos hechos conllevaban. Solo quedaba someterse.

La señora Astaing lo comprendió. Los caracteres como el suyo, violentos y tenaces, mientras aún quedan posibilidades y algo de esperanza, se dejan dominar con facilidad ante la derrota. Germaine era demasiado inteligente como para no darse cuenta de que su adversaria reprimiría cualquier tentativa de rebeldía. Estaba en sus manos. Y, en esas situaciones, uno se rinde.

No interpretó una comedia ni incurrió en demostraciones, amenazas, explosiones de rabia, ataques de nervios o actitudes de ese tipo. Se rindió.

—Estamos de acuerdo —confirmó Germaine—. Usted ¿qué exige?

—Que se vaya de aquí.

—¿Y si por casualidad me piden que testifique?

—No lo harán.

—Pero...

—Responda que no sabe nada.

Y se fue. En el umbral de la puerta titubeó y luego dijo entre dientes:

—¿Y el cheque?

Rénine miró a la señora de Imbreval y está respondió:

—Que se lo quede. No quiero ese dinero.

Rénine salió del chalet con Hortense, después de haber dado instrucciones precisas a la señora de Imbreval sobre cómo actuar y responder a las preguntas de la justicia.

Abajo, en la playa, el juez y el fiscal seguían con la investigación, emprendían acciones, interrogaban a los testigos y se organizaban entre ellos.

—¡Cuando pienso que lleva encima el puñal y la cartera del señor de Imbreval! —dijo Hortense.

—¿Le parece tremendamente peligroso? —respondió Rénine riendo—. A mí me parece tremendamente divertido.

—¿No tiene miedo?

—¿De qué?

—De que sospechen algo.

—¡Dios mío! ¡No sospecharán nada! Vamos a contar a esta buena gente lo que vimos, un testimonio que los confundirá aún más, porque nosotros no vimos nada. Nos quedaremos uno o dos días ojo avizor, por precaución, pero este asunto está solucionado. Nunca se darán cuenta de nada.

—No obstante, usted lo adivinó desde el primer momento. ¿Por qué?

—Porque en lugar de buscar cinco pies al gato, como generalmente hace la gente, siempre me planteo la situación como hay que plantearla y la solución llega sola. Un señor entra en una caseta y se encierra. Aparece muerto media hora después. Nadie ha entrado. ¿Qué pasó? En mi opinión, la respuesta es inmediata. Ni siquiera hace falta pensar. Porque el crimen no se cometió en la caseta, sino antes; y el señor, cuando entró en la caseta, ya estaba herido de muerte. Y enseguida, en este caso concreto, vi la verdad de los hechos. La señora de Imbreval, a la que iban a asesinar esta noche, tomó la delantera y, mientras su marido se agachaba, en un instante de ofuscación, ello lo mató. Solo faltaba encontrar los motivos del acto. Cuando los supe, trabajé al máximo por ella. Y esta es toda la historia. —Empezaba a anochecer. El azul del cielo se oscurecía, el mar estaba aún más en calma—. ¿En qué piensa? —preguntó Rénine un poco después.

—Pienso —respondió Hortense— que, si yo fuera víctima de cualquier conspiración, confiaría en usted a toda costa; confiaría en usted contra viento y marea. Sé, como sé que estoy viva, que usted me salvaría, sean cuales fueran los obstáculos. Su voluntad no tiene límites.

—Mi deseo de agradarle no tiene límites —respondió Rénine en voz muy baja.

IV

LA PELÍCULA REVELADORA

—**M**ire al actor que interpreta el papel de mayordomo —dijo Serge Rénine.

—¿Qué tiene de particular? —preguntó Hortense.

Estaban en la primera sesión de un cine en los bulevares, a donde la mujer había arrastrado a Rénine para ver a una actriz con la que ella tenía una relación cercana. Rose-Andrée, la estrella que destacaba en el cartel, era su hermanastra; su padre se había casado dos veces. Las hermanas estaban distanciadas desde hacía varios años; ni siquiera se escribían. Rose-Andrée era una criatura hermosa, de gestos ágiles y cara risueña que, después de hacer teatro sin demasiado éxito, acababa de revelarse como una actriz de cine muy prometedora. Esa tarde, ella animaba con su entusiasmo y su belleza una película de por sí bastante mediocre: *La princesa feliz*.

Rénine no respondió directamente, pero durante un descanso de la proyección comentó:

—En las películas malas, me entretengo observando a los personajes secundarios. A esos pobres diablos les hacen repetir las escenas diez o veinte veces, así que, durante la «toma definitiva», ¡cómo no van a estar pensando en sus cosas! Son esas pequeñas distracciones, donde se descubre un poco de su alma o de su instinto, las divertidas de ver. Mire, fíjese en el mayordomo.

En la pantalla aparecía una mesa servida con mucho lujo, que presidía la princesa feliz, rodeada de todos sus enamorados. Media docena de criados trajinaban bajo las órdenes del mayordomo, un grandullón de cara vulgar, con hocico de animal y unas enormes cejas que casi cubrían el entrecejo.

—Tiene aspecto de bruto —dijo Hortense—. ¿Qué le ve de especial?

—Observe cómo mira a su hermana y fíjese si la mira más de la cuenta.

—Pues hasta ahora no me lo ha parecido —protestó Hortense.

—Por supuesto que sí —aseguró el príncipe Rénine—. Es obvio que en la vida real siente algo por Rose-Andrée, que nada tiene que ver con su papel de criado anodino. Quizá en la realidad nadie lo sospeche, pero en la pantalla, cuando se descuida o cree que los compañeros de escena no lo ven, desvela su secreto. Fíjese.

El hombre no se movía. La comida terminaba. La princesa bebía una copa de champán y él la miraba con unos ojos entrecerrados que echaban chispas.

Dos veces más le descubrieron esa expresión especial, que para Rénine era de amor apasionado, aunque Hortense lo dudaba.

—Es la forma de mirar de ese hombre —dijo Hortense.

La primera parte de la película terminó, pero había una secuela. La reseña del programa decía: «Ha pasado un año y la princesa feliz vive en una preciosa casa de campo normanda, cubierta de plantas trepadoras, con el marido que ella eligió, un músico de poca fortuna».

En la pantalla se veía que la princesa seguía igual de feliz, igual de seductora y siempre rodeada de los más variados pretendientes. Todos los hombres, plebeyos y nobles, empresarios y campesinos, caían rendidamente enamorados de ella, y el que más, una especie de patán solitario, un leñador velludo y medio salvaje, que se cruzaba con la princesa cada vez que ella salía a pasear. El leñador merodeaba alrededor de la casa, armado con su hacha, temible y malvado, y se percibía con horror que el peligro amenazaba a la princesa feliz.

—¡Vaya, vaya! —susurró Rénine—. ¿Sabe quién es el leñador?

—No.

—El mayordomo. Han contratado al mismo actor para los dos papeles. De hecho, a pesar de la deformación del cuerpo, y detrás de la manera de caminar torpe y de los hombros encorvados del leñador, se veían las posturas y los gestos del mayordomo, igual que detrás de la barba descuidada y del pelo largo y tupido se reconocía la cara afeitada de hacía un rato, el hocico de animal y las cejas pobladas.

A lo lejos, la princesa salió de la casa. El hombre se escondió detrás de un macizo de flores. De vez en cuando, en la pantalla, en un plano exagerado, se veían sus ojos feroces o sus manos de asesino con pulgares enormes.

—Ese hombre me da miedo —dijo Hortense—. Es aterrador de verdad.

—Porque interpreta por su propia cuenta —respondió Rénine—. Fíjese que, en los tres o cuatro meses que parecen haber pasado entre los rodajes de las dos películas, su amor es más intenso. Él no ve llegar a la princesa, sino a Rose-Andrée.

El hombre se agachó. La víctima se acercaba, alegre y confiada. Al pasar por delante del macizo, oyó un ruido, se detuvo y miró a su alrededor con un aire risueño, que pasó a ser atento, luego inquieto y finalmente cada vez más ansioso. El leñador apartó las ramas y salió de detrás del macizo. Estaban los dos cara a cara. El leñador abrió los brazos como para atrapar a la princesa. Ella quiso gritar, pedir ayuda, pero se ahogaba, y los brazos del leñador la abrazaron sin que la princesa pudiera resistirse. Entonces, él se la echó al hombro y salió corriendo.

—¿Ya se ha convencido? —susurró Rénine—. ¿Cree usted que ese actor de último orden tendría la misma fuerza y energía si la protagonista fuera otra mujer y no Rose-Andrée?

El leñador llegó a un río muy grande, donde había una barca vieja varada en el cieno. Metió el cuerpo inerte de Rose-Andrée, soltó la amarra y remontó el río bordeando la orilla.

Luego se le veía atracar la barca, pasar por el lindero de un bosque y adentrarse entre unos árboles enormes y acumulaciones rocosas. Dejó a la princesa en el suelo y despejó la boca de una cueva en la que entraba la luz por

una rendija oblicua. En distintas secuencias se veía al marido enloquecido, las investigaciones y cómo descubrieron unas ramitas que la princesa feliz había roto para señalar el camino.

Por último, llegó el desenlace: la lucha espantosa entre el leñador y la princesa, la irrupción del marido y el disparo que acabó con el animal salvaje, justo cuando iba a derribar a la princesa ya vencida, sin fuerzas.

Salieron del cine a las cuatro de la tarde. Rénine hizo una señal al chófer, que esperaba en el automóvil, para que los siguiera. Estuvieron paseando por los bulevares y la calle de la Paix y, después de un buen rato en silencio, que tenía preocupada, muy a su pesar, a Hortense, Rénine le preguntó:

—¿Quiere a su hermana?

—Sí, mucho.

—¡Pero están enfadadas!

—Bueno, en la época de mi matrimonio, lo estuve. Rose es una mujer muy coqueta. Me puse celosa, realmente sin motivo. ¿Por qué me lo pregunta?

—No lo sé... La película no se me va de la cabeza. ¡Ese hombre tenía una expresión muy rara!

Hortense lo agarró del brazo y le dijo con vehemencia:

—¡Bueno, ya está bien, suéltelo! ¿Qué sospecha?

—¿Qué sospecho? Todo y nada. Pero no puedo dejar de pensar que su hermana corre peligro.

—Eso solo es una hipótesis.

—Sí, pero una hipótesis basada en hechos que me alteran. Para mí, la escena del secuestro no representa la agresión del leñador a la princesa feliz, sino el ataque violento y enajenado de un actor a la mujer que desea. Es verdad que ha ocurrido por exigencias del guion y que nadie, salvó quizá Rose-Andrée, se ha dado cuenta de nada. Pero yo he visto chispas de amor que no dejan duda, miradas de deseo, incluso la actitud del asesino: las manos tensas, dispuestas a estrangular... Bueno, muchos detalles que muestran que, en ese momento, el instinto de ese hombre lo empujaba a matar a la mujer que no podía ser suya.

—De acuerdo, en ese momento, quizá —dijo Hortense—. Pero la amenaza ha pasado, porque ya han transcurrido meses.

—Por supuesto... Por supuesto... Pero, aun así, quiero informarme.

—¿Cómo?

—Iré a la Société Mondiale, la productora que rodó la película. Mire, aquí están las oficinas. ¿Le importaría subir al coche y esperar unos minutos?

Llamó a Clément, el chófer, y se alejó.

En el fondo, Hortense seguía escéptica. Todas las manifestaciones de amor, de las que no negaba ni la pasión ni la brutalidad, le habían parecido la interpretación racional de un buen actor. Ella no había captado nada de todo el formidable drama que Rénine adivinaba, y pensaba que su amigo pecaba de exceso de imaginación.

—Bueno —dijo con ironía cuando él regresó—, ¿cómo ha ido? ¿Hay algún misterio? ¿Algún giro inesperado?

—Lo suficiente —le respondió con aire preocupado.

—¿Qué dice? —le preguntó desconcertada.

Rénine le contó del tirón:

—El hombre se llama Dalbrèque. Un individuo bastante extraño, introvertido, taciturno, que no se relacionaba con sus compañeros. Nunca notaron que se mostrara atento con su hermana. Pero interpretó tan bien el final de la secuela que lo contrataron para otra película, así que la última temporada estuvo rodando en los alrededores de París. Estaban contentos con él, pero, de repente, se produjo un hecho insólito. El viernes 18 de septiembre, por la mañana, forzó los estudios de la Société Mondiale, arrambló con 25 000 francos y se largó pitando en una extraordinaria limusina. Lo denunciaron y la limusina apareció el domingo, por los alrededores de Dreux.

Hortense lo escuchaba un poco pálida e insinuó:

—Hasta ahora..., no hay ninguna relación...

—Sí. Pregunté por Rose-Andrée. Este verano, su hermana estuvo de viaje, luego pasó quince días en el departamento de Eure, donde tiene una casa, precisamente la casa de campo donde rodaron *La princesa feliz*. Regresó a París, porque la habían contratado para rodar en América, facturó su equipaje en la estación de Saint-Lazare y el viernes 18 de septiembre se fue con la intención de dormir en El Havre y embarcar el sábado.

—El viernes 18 de septiembre... —balbuceó Hortense—. El mismo día que ese hombre... ¿Y si la ha secuestrado?

—Lo sabremos —aseguró Rénine—. Clément, a la Compañía Trasatlántica.

Esta vez, Hortense lo acompañó a las oficinas y habló ella misma con la dirección.

La investigación dio fruto rápidamente.

Rose-Andrée había reservado un camarote en el trasatlántico La Provence. Pero el barco zarpó sin la pasajera. Al día siguiente, recibieron un telegrama de Rose-Andrée avisando de un retraso en el viaje y pedía que guardaran su equipaje en consigna. El telegrama llegó de Dreux.

Hortense salió de allí tambaleándose. Rose-Andrée había sufrido un ataque, esa parecía la única explicación posible a tanta coincidencia. Los acontecimientos se encadenaban de acuerdo con la intuición profunda de Rénine.

Sin fuerzas, en el automóvil, oyó a Rénine indicar al chófer la dirección de la comisaría de policía. Atravesaron el centro de París. Luego esperó sola un ratito dentro del coche, en un *quai*.

—Vamos —dijo Rénine abriendo la portezuela.

—¿Alguna novedad? ¿Le han recibido?

—No pretendía que me recibieran. Solo quería contactar con el inspector Morisseau, el que colaboró con nosotros en el caso Dutreuil. Si se sabe algo, él nos lo dirá.

—¿Y qué?

—Está en ese café que se ve en la plaza.

El inspector leía el periódico en una mesa apartada. Enseguida los reconoció. Rénine le estrechó la mano, se sentaron con él y sin preámbulos le dijo:

—Inspector, le traigo un caso interesante, que puede hacerlo destacar. De hecho, quizá usted ya esté al tanto.

—¿Qué caso?

—Dalbrèque.

Morisseau pareció sorprenderse. Titubeó y con un tono prudente explicó:

—Sí, conozco el caso. Se habló de él en la prensa: el robo de un automóvil y 25 000 francos. Y también mañana la prensa publicará lo que ha descubierto La Seguridad: que Dalbrèque sería el autor de un asesinato que levantó mucho revuelo el año pasado, el del joyero Bourguet.

—Yo hablo de otro asunto —le dijo Rénine.

—¿De qué?

—Del secuestro que llevó a cabo el sábado 19 de septiembre.

—¡Vaya! ¿Lo sabe?

—Sí.

—En ese caso —dijo el inspector decidido a hablar—, vamos allá: efectivamente, el sábado 19 de septiembre, tres delincuentes secuestraron a plena luz del día a una mujer que iba de compras y se dieron a la fuga a toda velocidad en un automóvil. La prensa informó sobre ese incidente, pero no dio el nombre de la víctima ni el de los agresores, por la sencilla razón de que nadie los sabía. Me enviaron a El Havre con algunos hombres, pero hasta ayer no conseguí identificar a uno de los delincuentes. El mismo autor robó la limusina y los 25 000 francos y cometió el secuestro. Solo hay un culpable: Dalbrèque. No tenemos ninguna información sobre la mujer. La investigación ha sido inútil.

Hortense no había interrumpido al inspector. Estaba consternada. Cuando, por fin, terminó, dijo:

—Esto es horrible... La pobre está perdida... No hay esperanza...

Rénine le explicó a Morisseau:

—La víctima es su hermana o, mejor dicho, su hermanastra... Es una actriz de cine muy conocida, Rose-Andrée...

Reinó un largo silencio alrededor de la mesa. También esta vez, el inspector jefe, que tenía en cuenta el ingenio de Rénine, esperaba una explicación. Hortense le imploraba con la mirada, como si Rénine pudiera llegar hasta el meollo de la cuestión, al primer intento.

—¿Había tres hombres en el coche? —le preguntó a Morisseau.

—Sí.

—¿Y también tres en Dreux?

—No. En Dreux solo encontramos huellas de dos hombres.

—¿Y uno era Dalbrèque?

—No lo creo. Ninguna descripción encaja con él.

Rénine se quedó un rato pensativo y luego desplegó sobre la mesa un enorme mapa de carreteras.

Siguieron en silencio. Después, le dijo al inspector:

—¿Sus compañeros se han quedado en El Havre?

—Sí, dos inspectores.

—¿Puede hablar por teléfono con ellos esta tarde?

—Sí.

—¿Y pedir otros dos inspectores a La Seguridad?

—Sí.

—Perfecto, nos vemos mañana a las doce del mediodía.

—¿Dónde?

—Aquí —y puso el dedo en un punto del mapa que señalaba: «El roble del agujero», y estaba en pleno bosque de Brotonne, en el departamento de Eure—. Aquí —repitió—. Dalbrèque se refugió aquí la noche del secuestro. Hasta mañana, señor Morisseau, sea puntual. Cinco hombres no son muchos para atrapar a un animal de ese calibre.

El inspector no rechistó. Ese maldito individuo lo dejaba sin habla. Pagó la consumición, se levantó, hizo mecánicamente el saludo militar y salió del café murmurando:

—Allí estaré, señor.

Al día siguiente, a las ocho de la mañana, Hortense y Rénine salieron de París en una enorme limusina que conducía Clément. Hicieron el viaje en silencio. Hortense, pese a su fe en el poder extraordinario de Rénine, había pasado mala noche y pensaba angustiada en el desenlace de la situación.

Cuando se acercaban al lugar de la cita, le preguntó a Rénine:

—¿Y qué pruebas tiene de que haya venido a este bosque?

Volvió a desplegar el mapa en sus rodillas y le explicó a Hortense que, si se traza una línea recta de El Havre, o mejor, de Quillebeuf, desde donde se puede cruzar el Sena, hasta Dreux, donde encontraron el automóvil, la línea pasa por el este del lindero del bosque de Brotonne.

—Pues bien —añadió—, según me dijeron en la Société Mondiale, rodaron *La princesa feliz* en este bosque. Entonces, hay que plantearse lo siguiente: cuando el sábado Dalbrèque pasó cerca del bosque, con Rose-Andrée en su poder, ¿no pensaría en esconder allí a su presa, mientras los dos cómplices continuaban hasta Dreux y luego regresaban a París? La cueva está muy cerca, ¿cómo no iba a ir allí? ¿No es cierto que unos meses antes, cuando corría a esa cueva, llevaba en brazos, junto a su pecho, al alcance de sus labios, a la mujer que ama y que acababa de conquistar? Lógica y fatídicamente, la aventura ha vuelto a empezar para él. Pero, esta vez, es completamente real... Tiene secuestrada a Rose-Andrée. Nadie puede ayudarla. El bosque es inmenso y está desierto. Si no es esa misma noche, cualquiera de las siguientes, Rose-Andrée deberá entregarse a él necesariamente...

A Hortense le recorrió un escalofrío.

—... o morir. ¡Ay, Rénine, llegamos demasiado tarde!

—¿Por qué?

—¡Piénselo! Tres semanas... ¡No creerá que la ha tenido encerrada tanto tiempo ahí!

—Desde luego que no. El lugar que me indicaron está en un cruce de carreteras y la retirada no es segura, pero probablemente allí descubriremos alguna pista.

Comieron de camino, un poco antes de las doce, y luego llegaron al monte alto de Brotonne, un bosque antiguo y extenso con restos romanos y vestigios del Medievo. Rénine, que lo había recorrido muchas veces, guio al chófer hacia un roble famoso en diez kilómetros a la redonda, con unas ramas acampanadas que forman una cueva. El coche se detuvo en la curva anterior y caminaron hasta el árbol. Morisseau los esperaba con cuatro hombretones fornidos.

—Vamos —les dijo Rénine—, la cueva está aquí al lado, entre los matorrales.

La encontraron fácilmente. Unas rocas enormes sobresalían por encima de una boca baja, a la que llegaron por un sendero muy estrecho bordeado de matorrales espesos. Rénine entró y con una linterna inspeccionó los recovecos de una cueva pequeña con las paredes llenas de firmas y dibujos.

—Dentro no hay nada, pero aquí está la prueba que buscaba—dijo a Hortense y Morisseau—. Si es verdad que el recuerdo de la película trajo a Dalbrèque de vuelta a la cueva de la princesa feliz, tenemos que pensar que a Rose-Andrée le ocurrió lo mismo. Pues bien, en la película, la princesa feliz va rompiendo las puntas de las ramas durante todo el camino. Y precisamente a la derecha de la boca de la cueva hay unas ramas rotas recientemente.

—De acuerdo —respondió Hortense—. Reconozco que esto es una prueba de que Rose-Andrée posiblemente pasó por aquí, pero hace tres semanas, y desde entonces...

—Pues, desde entonces, su hermana está encerrada en algún lugar más aislado.

—O muerta y enterrada debajo de un montón de hojas.

—No, no —aseguró Rénine, dando una patada al suelo—. Es imposible creer que ese hombre hiciera todo lo que hizo para llegar a un estúpido asesinato. Tendrá paciencia. Querrá dominar a su víctima con amenazas y hambre...

—¿Entonces?

—La buscaremos.

—¿Cómo?

—Para salir de este laberinto tenemos un hilo conductor, la propia trama de *La princesa feliz*. Sigámosla y remontémonos poco a poco hasta el principio. En la película, el leñador rema por el río y luego atraviesa el bosque para traer a la princesa aquí. El Sena está a un kilómetro de distancia. Vamos al río.

Se pusieron en marcha. Rénine caminaba sin titubear, alerta, como un buen perro de caza al que guía su olfato con seguridad. El coche los seguía de cerca; llegaron a un grupo de casas, a orillas del río. Rénine fue directo a casa del barquero y habló con él. Charlaron brevemente: tres semanas antes, un lunes por la mañana, el hombre se dio cuenta de que había desaparecido una de sus barcas. Más tarde, la encontró en el cieno, medio kilómetro río abajo.

—¿Cerca de una casa de campo donde rodaron una película este verano? —le preguntó Rénine.

—Sí.

—Y, en la película, ¿desembarcaron ahí a la mujer secuestrada?

—Sí, a la princesa feliz o, mejor dicho, a la señora Rose-Andrée, la dueña de la casa que llaman Clos-Joli.

—¿Ahora la casa está habitada?

—No. Hace un mes, la señora cerró la casa y se fue.

—¿Hay algún guarda?

—No.

—Ya no hay duda —dijo Rénine dirigiéndose a Hortense—. La tiene encerrada en esa casa.

Reanudaron la caza. Siguieron todo el camino de sirga por el Sena. Andaban sin hacer ruido por la hierba del lateral. El sendero desembocó en la carretera general, a la altura de un bosquecillo, y cuando lo atravesaron, desde lo alto de un montículo, vieron el Clos-Joli, rodeado de setos. Hortense y Rénine reconocieron la casa de *La princesa feliz*. Las ventanas estaban cerradas con postigos y la hierba ya cubría el camino. Estuvieron allí una hora, agazapados entre la maleza. El inspector se impacientaba y Hortense ya no confiaba tanto; no creía que su hermana estuviera presa en el Clos-Joli, pero Rénine insistía:

—Le digo que está ahí. Es matemático. Imposible que Dalbrèque hubiera elegido otro lugar para encerrarla. Espera que Rose-Andrée se vuelva dócil en un medio conocido.

Por fin, oyeron unos pasos lentos y amortiguados, justo enfrente de ellos, al otro lado del Clos. Una silueta apareció en el camino. Desde esa distancia, no podían verle la cara. Pero la forma de andar torpe y el aspecto eran los del hombre que Rénine y Hortense habían visto en la película.

Así, en veinticuatro horas, Rénine, basándose en los vagos indicios que el comportamiento de un actor puede proporcionar, con un simple razonamiento psicológico llegó al meollo del drama que la película había sugerido, impuesto a Dalbrèque. Dalbrèque actuó en la vida real igual que en la vida imaginaria del cine y Rénine, remontando paso a paso el mismo camino que Dalbrèque remontaba, influido por la película, llegó al lugar exacto donde el leñador tenía prisionera a la princesa feliz.

Dalbrèque parecía vestido como un vagabundo, con ropa remendada, hecha jirones. Llevaba unas alforjas, de las que sobresalían el cuello de una botella y la punta de una barra de pan, y un hacha de leñador al hombro.

La cadena del cercado estaba abierta, entró en el huerto y pronto lo ocultó una hilera de arbustos que lo llevaba a la otra fachada de la casa.

Morisseau quiso lanzarse, pero Rénine lo sujetó del brazo.

—¿Por qué? —le preguntó Hortense—. No podemos permitir que ese sinvergüenza vuelva a entrar en la casa, de lo contrario...

—¿Y si tiene cómplices o da la voz de alarma?

—¡Mala suerte! Lo primero de todo es salvar a mi hermana.

—¿Y si llegamos demasiado tarde para protegerla? Si le da un ataque de rabia, podría matarla de un hachazo.

Esperaron. Pasó una hora. La inactividad les irritaba. Hortense lloraba a ratos, pero Rénine se mantuvo firme y nadie se atrevió a desobedecerlo.

Oscurecía. De pronto, cuando las primeras sombras del crepúsculo se extendían por encima de los manzanos, se abrió la puerta de la fachada que ellos veían, oyeron gritos de terror y triunfo, y una pareja apareció de un brinco, una pareja enlazada, de la que veían claramente las piernas del hombre y el cuerpo de la mujer que el hombre llevaba en brazos.

—¡Es él...! ¡Él con Rose! —balbuceó Hortense consternada—. ¡Ay, Rénine, sálvela!

Dalbrèque echó a correr entre los árboles, riendo y gritando como un loco. A pesar de la carga, daba unos saltos enormes, lo que lo hacía parecer un animal fantástico, ebrio de alegría y sangre. Con la mano libre sujetaba el hacha, cuyo destello brillaba... Rose gritaba de terror. Dalbrèque estuvo dando vueltas por el huerto, corrió a lo largo del seto y luego se paró de repente, delante de un pozo, con los brazos estirados y el cuerpo inclinado, como si quisiera tirar a Rose por el hueco.

Fue un momento espantoso. ¿Se atrevería a hacer eso tan terrible? Pero aquello seguramente solo era una amenaza, para que el miedo infundiera obediencia a la mujer, porque de pronto se alejó, volvió en línea recta hacia la puerta principal y entró al vestíbulo. El ruido de un cerrojo. La puerta quedó cerrada.

Inexplicablemente, Rénine no se había movido. Cortó el paso a los inspectores con los brazos mientras Hortense se agarraba a su ropa suplicando:

—Sálvela... Está loco... La matará... Se lo ruego...

Pero, en ese momento, hubo como una nueva ofensiva del hombre contra su víctima. Apareció en la lucerna del frontón de la casa, entre los aleros de bálago del enorme tejado, y repitió la maniobra atroz: colgó a Rose-Andrée en el vacío y la balanceó como a una presa que se va a lanzar al espacio. ¿No pudo decidirse o realmente solo fue una amenaza? ¿Creyó que Rose ya estaba sometida? El hombre volvió a meterse en la casa. Esta vez Hortense se salió con la suya. Apretaba la mano de Rénine con las suyas heladas y Rénine se dio cuenta de que temblaba desesperadamente.

—¡Ay! Se lo ruego... Se lo ruego... ¿A qué espera?

Rénine cedió:

—Sí —dijo—, vamos allá. Pero no demasiado deprisa. Hay que pensar.

—¡Pensar! Pero Rose... ¡Va a matarla! ¿Ha visto el hacha? Está loco. Va a matarla.

—Tenemos tiempo —aseguró—. Yo respondo de todo.

Hortense tuvo que apoyarse en él, porque no tenía fuerzas ni para andar. Bajaron del montículo, eligieron un sitio escondido entre el follaje de los árboles y allí Rénine ayudó a la mujer a pasar el seto. De todos modos, nadie podía verlos en la incipiente oscuridad.

Dieron la vuelta al huerto en silencio y llegaron a la parte trasera de la casa, por donde Dalbrèque había entrado la primera vez. Efectivamente, vieron una puertecita, seguramente de la cocina.

—Cuando llegue el momento —dijo Rénine a los inspectores—, con un empujón a la puerta podrán entrar.

—Ya ha llegado el momento —rezongó Morisseau, que lamentaba tanto retraso.

—Aún no. Primero quiero saber qué pasa en la otra fachada. Cuando oigan el silbato, tiren la puerta abajo rápidamente, y a muerte, con la pistola en la mano. Pero no antes, ¿queda claro? De lo contrario arriesgamos mucho...

—¿Y si ese hombre nos hace frente? Es un animal enloquecido.

—Dispárenle a las piernas. Tenemos que atraparlo vivo. Ustedes son cinco, ¡qué demonios!

Se llevó con él a Hortense y la animó con pocas palabras:

—¡Rápido! Ha llegado el momento de actuar. Confíe plenamente en mí.

—No lo entiendo... No lo entiendo —dijo la mujer suspirando.

—Yo tampoco –le confesó Rénine—. En todo este asunto hay algo que me desconcierta, pero comprendo lo bastante como para temer lo irreparable.

—Lo irreparable —respondió Hortense— es la muerte de Rose.

—No —dijo Rénine—, es la actuación de la justicia. Por eso quiero tomarles la delantera.

Dieron la vuelta a la casa, chocándose con los macizos de arbustos. Luego Rénine se detuvo delante de una ventana de la planta baja.

—Escuche —señaló—, se oye hablar. Las voces vienen de esa habitación.

El ruido de voces permitía pensar que debía de haber luz para iluminar al o a los que hablaban. Rénine la buscó, apartó las plantas, cuyas hojas tardías ocultaban las contraventanas cerradas, y vio que se filtraba un resplandor por la junta de dos contraventanas mal unidas.

Consiguió pasar el filo de su navaja y lo movió muy despacio para levantar el picaporte interior. Las contraventanas se abrieron. Delante de las ventanas había unas pesadas cortinas de tela, que se separaban en lo alto.

—¿Va a subirse al alféizar? —susurró Hortense.

—Sí, y cortaré el cristal. En caso de urgencia, yo apunto con la pistola al individuo y usted pite con el silbato para que ataquen desde el otro lado. Tenga el silbato.

Subió al alféizar con mucho cuidado y poco a poco se levantó hasta el hueco de las cortinas. Con una mano sujetaba el revólver en la escotadura del chaleco y con la otra una punta de diamante.

—¿La ve? —susurró Hortense.

Rénine pegó la frente al cristal e, inmediatamente, se le escapó una exclamación ahogada.

—¡Vaya! —dijo—. ¡Es increíble!

—¡Dispare! ¡Dispare! —ordenó Hortense.

—Desde luego que no.

—Entonces, ¿tengo que silbar?

—No, no... Todo lo contrario... —Hortense puso una rodilla en el alféizar temblando. Rénine la levantó junto a él y se apartó para que la mujer pudiera ver—. Mire.

Hortense apoyó la cara en el cristal.

—¡Vaya! —dijo también sorprendida.

—¡Bueno! ¿Qué le parece? Yo sospechaba algo, pero ¡esto no!

Dos lámparas sin pantalla y unas veinte velas iluminaban un salón lujoso, con divanes rodeando las paredes y tapices orientales. Rose-Andrée estaba semitumbada en uno de los divanes, con el vestido de tejido metálico que llevaba en la película *La princesa feliz,* los hombros al descubierto, joyas y perlas trenzadas en el pelo.

Dalbrèque estaba a sus pies, de rodillas sobre un cojín, vestido con un pantalón de caza y una camiseta sin mangas, mirándola extasiado. Rose sonreía, feliz, y acariciaba el pelo del hombre. Rose se inclinó dos veces y lo besó, primero en la frente, y luego le dio un beso muy largo en la boca, con unos ojos chispeantes, abrumados de deseo. Era evidente que esos dos seres, con la mirada unida, los labios unidos y las manos temblorosas unidas por un reciente deseo, se amaban con un amor único y violento. Se notaba que, para ellos, en la soledad y la paz de aquella casa, solo importaban sus besos y sus caricias.

Hortense no podía apartar los ojos de ese espectáculo inesperado. ¿Eran esos el hombre y la mujer que, pocos minutos antes, él cargaba con ella, en una especie de danza macabra, que parecía girar en torno a la muerte? ¿Era realmente su hermana? Hortense no la reconocía, veía a otra mujer, con una belleza renovada y transfigurada por un sentimiento del que Hortense, temblando, adivinaba toda la fuerza y toda la pasión.

—¡Dios mío! —murmuró—. ¡Cuánto lo ama! ¡A semejante individuo! ¿Cómo es posible?

—Hay que prevenirla —dijo Rénine— y ponerse de acuerdo con ella...

—Sí, sí —insistió Hortense—. Bajo ningún concepto puede verse mezclada en el escándalo y la detención de Dalbrèque. ¡Que se vaya! Que no se sepa nada de todo esto...

Por desgracia, Hortense estaba en un estado de nervios que la llevó a actuar con precipitación. En lugar de tocar despacio en el cristal, golpeó con los puños en la madera de la ventana. Los enamorados se levantaron asustados, con la mirada fija y el oído atento. Rénine quiso cortar rápidamente el cristal para darles una explicación, pero no tuvo tiempo. Rose-Andrée, que con toda probabilidad sabía que a su amante lo perseguía la policía y corría peligro, lo empujó hacia la puerta en un intento desesperado.

Dalbrèque obedeció. Sin lugar a dudas, la intención de Rose era obligarlo a huir por la puerta de la cocina. Desaparecieron.

Rénine vio claramente lo que iba a pasar. El fugitivo caería en la emboscada que él mismo había preparado. Lucharían y, quizá, el hombre moriría.

Saltó a tierra y dio la vuelta a la casa corriendo, pero el recorrido era largo, el camino estaba oscuro y lleno de obstáculos. Además, los acontecimientos se encadenaron más rápido de lo que él había imaginado. Cuando llegó a la otra fachada, sonó un tiro, seguido de un grito de dolor.

En la puerta de la cocina, Rénine encontró a Dalbrèque tumbado en el suelo, gimiendo de dolor, bajo la luz de dos linternas, con tres policías sujetándolo.

En la misma cocina, Rose-Andrée se tambaleaba, con las manos hacia delante, el rostro convulso, balbuceando unas palabras que no se oían. Hortense la abrazó y le dijo al oído:

—Soy yo... Tu hermana... Quería salvarte... ¿Me reconoces?

Rose parecía no entender. Tenía la mirada despavorida.

Fue hacia los inspectores con un paso tembloroso y soltó:

—Esto es detestable... Ese hombre no ha hecho nada que...

Rénine no dudó. Actuó con ella como con un enfermo que ha perdido la razón, la sujetó de los hombros y la llevó al salón; Hortense los siguió y cerró la puerta. Rose forcejeaba furiosa y protestaba con una voz jadeante:

—Esto es un crimen... Ustedes no tienen derecho... ¿Por qué lo detienen? Sí, lo leí... El asesino de Bourguet, el joyero... Esta mañana lo leí en el periódico, pero eso es mentira, él puede demostrarlo.

Rénine la llevó hasta un diván y le habló con firmeza:

—Tranquilícese, se lo ruego. No diga nada que pueda comprometerla... ¡Qué imaginaba! Ese hombre, como mínimo, cometió un robo..., el coche... y los 25 000 francos...

—Mi viaje a América lo trastornó. Pero el coche lo devolvió..., y el dinero lo devolverá... No lo ha tocado. No, no, no tienen derecho... Yo estaba aquí voluntariamente. Lo amo, lo amo más que a nada..., como solo se quiere una vez en la vida. Lo amo, lo amo.

La infeliz ya no tenía fuerza. Hablaba como en sueños, afirmaba su amor con una voz que se apagaba. Finalmente, agotada, se sobresaltó bruscamente y cayó; se había desmayado.

Una hora después, Dalbrèque, tumbado en la cama de una habitación, con las muñecas bien atadas, miraba enfurecido a todas partes. Rénine fue a buscar a un médico de los alrededores, que le vendó la pierna y le recomendó reposo absoluto hasta el día siguiente. Morisseau y sus hombres montaban guardia.

Rénine daba vueltas a la habitación con las manos en la espalda. Parecía muy contento y, de vez en cuando, miraba sonriendo a las dos hermanas, como si le pareciese encantadora la imagen que ofrecían a sus ojos de artista.

—¿Qué le ocurre? —le preguntó Hortense, dando media vuelta hacia él, al darse cuenta de su insólita alegría.

Él se frotó las manos y respondió:

—Es divertido.

—¿Qué le parece tan divertido? —le dijo Hortense con un tono de reproche.

—¡Ay, Dios mío! La situación. Rose libre, perdidamente enamorada, ¿y de quién, Señor? Del leñador, un leñador domesticado, con fijador en el pelo, embutido en una camiseta sin mangas, y al que besaba en la boca..., mientras nosotros la buscábamos en una cueva o en una tumba.

»Sí, es verdad, vivió el horror del cautiverio, y le aseguro que, la primera noche, la metió, medio muerta, en la cueva. Pero, ¡ya ve!, al día siguiente estaba viva. Bastó con una noche para que, por la mañana, se amansara y Dalbrèque le pareciera su príncipe azul. En una sola noche, los dos sintieron muy claramente que estaban hechos el uno para el otro y decidieron no separarse jamás. De común acuerdo, buscaron un refugio a salvo del mundo. ¿Dónde? ¡Pues claro que sí!, aquí. ¿Quién iría a buscar a Rose-Andrée al Clos-Joli? Pero eso no les bastó. Los enamorados querían más. ¿Unas semanas de luna de miel? ¡De ninguna manera! Consagrarse para toda la vida. ¿Cómo? Siguiendo el agradable y pintoresco camino por el que ya habían transitado, es decir, ¡«rodando» nuevas creaciones! ¿No tuvo Dalbrèque un éxito más allá de lo esperado con *La princesa feliz*? ¡Ese era el futuro! ¡Los Ángeles! ¡Estados Unidos! Fortuna y libertad... No había un minuto que perder. ¡Rápidamente, manos a la obra! Y así, hace un rato, nosotros, espectadores asustados, los sorprendimos en pleno ensayo, interpretando un drama de locura y muerte. Para ser franco, tengo que confesar que, en ese momento, sospeché algo de la verdad. "Una secuencia cinematográfica", pensé. Pero estaba a leguas de adivinar la trama romántica del Clos-Joli. ¡Qué quiere usted! En la pantalla y en el teatro, las princesas felices resisten o se matan. ¿Cómo iba a imaginar que esta prefirió el deshonor a la muerte? —No cabía duda, a Rénine le divertía la aventura, y siguió con el relato—: ¡Cielo santo! ¡Las cosas no pasan así en las películas! Eso es lo que me confundió. Desde el principio, seguí la trama de *La princesa feliz* y caminé sobre sus huellas. La princesa feliz habría actuado así. El leñador se habría comportado de esta manera... Y, como todo vuelve a empezar, sigámosles. ¡Pues en absoluto! Rose-Andrée, contrariando todas las reglas, toma el mal camino y, en pocas horas, ¡la víctima se convierte en una princesa enamorada! ¡Ay, maldito Dalbrèque! Cómo nos has engañado. Porque, es verdad, cuando el cine nos presenta un bruto, una especie de salvaje con el pelo largo y cara de gorila, nos está permitido imaginar que, en la vida, es una bestia. ¡Ni de broma! Es un don Juan. ¡Vamos, un farsante!

Rénine se frotó las manos otra vez, pero no siguió hablando, porque se dio cuenta de que Hortense ya no lo escuchaba. Rose salía del sopor. Hortense la abrazó y murmuró:

—Rose... Rose, soy yo... No tengas miedo de nada.

Empezó a hablarle en voz baja y a mecerla con cariño. Pero, poco a poco, al oír a su hermana, Rose volvía a expresar sufrimiento, seguía inmóvil e ida, sentada en el diván, con el cuerpo rígido y los labios apretados.

Rénine sintió que no debía ofender ese dolor y que ningún razonamiento podría prevalecer sobre la decisión meditada de Rose-Andrée.

Se acercó y le dijo suavemente:

—Estoy de acuerdo con usted, señora. Su deber, sin importar lo que pueda ocurrir, es defender al hombre que ama y demostrar su inocencia. Pero no hay prisa y considero que, por su bien, es mejor aplazarlo unas horas y permitir que todos sigan creyendo que usted era una víctima. Por la mañana, si no ha cambiado de opinión, yo mismo le aconsejaré actuar. Hasta entonces, suba a su habitación con su hermana, prepárese para marcharse de aquí y ordene sus papeles para que la investigación no pueda descubrir nada contra usted. Créame... Confíe.

Rénine siguió insistiendo un buen rato y consiguió convencerla. Rose prometió esperar.

Así que se organizaron para pasar la noche en el Clos-Joli. Había suficientes provisiones y un inspector preparó la cena.

Por la noche, Hortense compartió habitación con Rose. Rénine, Morisseau y dos inspectores se tumbaron en los divanes del salón, mientras los otros dos inspectores vigilaban al herido.

La noche transcurrió sin incidentes.

Por la mañana, la policía, a la que había avisado Clément, llegó temprano. Decidieron que trasladarían a Dalbrèque a la enfermería de la cárcel departamental. Rénine ofreció su automóvil y Clément lo acercó a la casa.

Cuando las dos hermanas oyeron el trajín, bajaron. Rose-Andrée tenía esa expresión dura de quien está decidido a actuar. Hortense la miraba con ansiedad y observaba el aire tranquilo de Rénine.

Todo estaba preparado, solo faltaba despertar a Dalbrèque y a los vigilantes.

Fue el propio Morisseau, pero comprobó que los dos inspectores estaban profundamente dormidos y que no había nadie en la cama. Dalbrèque había escapado.

El giro de los acontecimientos no alteró demasiado ni a los policías ni a los inspectores, porque estaban seguros de atrapar rápidamente al fugitivo, que tenía una pierna rota. A nadie le intrigó el misterio de cómo había escapado Dalbrèque sin que los vigilantes oyeran ni un ruido. Por fuerza, el fugitivo debía de estar en el huerto.

Rápidamente organizaron la batida. Dudaban tan poco del resultado que Rose-Andrée, consternada de nuevo, se dirigió hacia el inspector jefe.

—Calle —murmuró Rénine, que la vigilaba.

—Lo encontrarán... Lo abatirán a tiros —balbuceó Rose.

—No lo encontrarán —le aseguró Rénine.

—¿Y usted qué sabe?

—Yo organicé su huida esta noche, con ayuda de mi chófer. Unos polvitos en el café de los inspectores, y no oyeron nada.

Rose, completamente sorprendida, protestó:

—Pero está herido, agonizando en cualquier rincón.

—No.

Hortense escuchaba la conversación; no entendía mucho más que su hermana, pero se tranquilizó, confiaba en Rénine. Él le dijo a Rose en voz baja:

—Señora, júreme que, dentro de dos meses, cuando Dalbrèque se haya curado y usted haya resuelto con la justicia la situación de ese hombre, se marcharán juntos a América.

—Se lo juro.

—¿Y que se casará con él?

—Se lo juro.

—Entonces, venga, y ni una palabra ni un gesto de asombro. Si por un segundo lo olvida, puede echar todo a perder. —Llamó a Morisseau, que ya empezaba a desesperarse, y le dijo—: Inspector jefe, tenemos que llevar a esta señora a París y proporcionarle la atención médica necesaria. De todos modos, al margen del resultado de sus investigaciones, aunque no dudo que tendrán éxito, le garantizo que este caso no le causará problemas. En su comisaría tengo contactos muy buenos; esta misma noche, iré a hablar con ellos.

Le ofreció el brazo a Rose-Andrée y fue con ella hacia el coche. Mientras caminaban, Rénine vio que ella daba un traspié y se sujetaba a él.

—¡Ay, Dios mío! Está a salvo... Lo veo —murmuró Rose.

Rose había reconocido a su amante, sentado en el asiento de Clément, muy digno con la ropa del chófer, la visera baja y los ojos ocultos tras unas enormes gafas de sol.

—Suba —le ordenó Rénine.

Rose se sentó al lado de Dalbrèque; Rénine y Hortense, en la parte de atrás. El inspector jefe, con el sombrero en la mano, dio unas vueltas al coche mirando con interés.

Se fueron de allí. Pero, a los dos kilómetros, tuvieron que detenerse en pleno bosque; Dalbrèque, que había conseguido superar el dolor con un esfuerzo sobrehumano, desfalleció. Lo tumbaron en el asiento del coche y Rénine se puso al volante, con Hortense a su lado. Antes de Louviers, pararon otra vez para recoger a Clément; el chófer iba a pie con los trapos de Dalbrèque.

Luego siguieron dos horas en silencio. El coche iba volando. Hortense no decía nada, ni siquiera se le ocurrió preguntar a Rénine por lo que había pasado la noche anterior. ¡Le importaban un rábano los detalles de lo ocurrido y de cómo Rénine había conseguido escamotear a Dalbrèque! Eso no le intrigaba. Solo pensaba en su hermana, ¡su gran amor y su apasionado empeño la conmovían profundamente!

Cuando se acercaban a París, Rénine solo dijo:

—Por la noche, hablé con Dalbrèque. Sin lugar a dudas, no es culpable del asesinato del joyero. Es un hombre valiente y honesto, muy diferente de lo que parece; es una persona cariñosa y comprometida, dispuesta a todo por

Rose-Andrée. —Y añadió—: Tiene razón, hay que hacer cualquier cosa por la mujer que amas. Hay que sacrificarse por ella y ofrecerle todo lo bueno de este mundo, alegría, felicidad...; y si se aburre, buenas aventuras que la entretengan, le emocionen y le hagan sonreír... o incluso llorar.

Hortense se estremeció, tenía los ojos empañados. Era la primera vez que él mencionaba la aventura sentimental que los unía, un vínculo frágil hasta ese momento, pero que resistía y se fortalecía con cada una de las misiones en las que participaban juntos, ansiosos y entusiasmados. Al lado de ese extraordinario hombre, que sometía los acontecimientos a su voluntad y parecía jugar con el destino de las personas contra las que luchaba o a las que defendía, ella se sentía débil e inquieta. Le daba miedo, pero, a la vez, le atraía. A veces, pensaba en él como en un maestro; otras, como en un enemigo contra el que tenía que defenderse, pero, casi siempre, como un amigo desconcertante, lleno de encanto y muy seductor...

V

EL CASO DE JEAN-LOUIS

Aquello pasó como un suceso banal y con una rapidez que dejó perpleja a Hortense. Cuando iban cruzando el Sena de paseo, una mujer pasó por encima de la barandilla del puente y se lanzó al vacío. Desde todas partes se oyeron gritos y exclamaciones; luego, de repente, Hortense sujetó del brazo a Rénine.

—¿Qué? ¡Ni se le ocurra tirarse! Se lo prohíbo...

Hortense se había quedado con la chaqueta de su amigo en la mano. Rénine saltó y luego..., luego, Hortense ya no vio nada más. Una oleada de gente corriendo la empujó y, a los tres minutos, estaba en la orilla del río. Rénine subía las escaleras llevando en brazos a una mujer con el pelo moreno pegado a una cara lívida.

—No está muerta —confirmó—. Rápido, alguien a la farmacia..., unas maniobras de tracción mandibular..., ya está fuera de peligro...

Dejó a la mujer con dos agentes de policía, apartó a los mirones y a los mal llamados periodistas, que le preguntaban su nombre, y metió en un taxi a Hortense, completamente impactada del susto.

—Buf —soltó un poco después—, ¡otro baño! Qué quiere que le diga, querida amiga, es más fuerte que yo. Cuando veo a un semejante tirarse al agua, tengo que tirarme yo también. No me cabe duda de que entre mis antepasados hay un Terranova.

Fueron a casa de Rénine, y allí él se cambió de ropa mientras Hortense lo esperaba en el taxi.

—A la calle Tilsitt —pidió al taxista cuando regresó.

—¿A dónde vamos? —preguntó Hortense.

—A informarnos sobre esa mujer.

—¿Tiene su dirección?

—Pude leerla en su pulsera, y su nombre también: Geneviève Aymard. Así que allá voy. ¡Bueno, pero no para cobrar la recompensa del Terranova! No. Simple curiosidad. Una curiosidad absurda, desde luego. He salvado de ahogarse a una docena de jóvenes. Siempre por lo mismo: mal de amores, y siempre un amor de lo más vulgar. Ya lo verá, querida amiga.

Cuando llegaron al edificio de la calle Tilsitt, el médico salía de casa de la señorita Aymard, que se había quedado ahí con su padre.

El padre, un hombre mayor, de aspecto débil, se puso a hablar con un tono de sufrimiento implacable, sin darles tiempo a preguntar nada.

—Señor, ¡es la segunda vez! La semana pasada, mi pobre niña quiso envenenarse. ¡Y yo que daría la vida por ella! Todo lo que dice es: «¡Ya no quiero vivir!». Me da mucho miedo que vuelva a intentarlo. ¡Qué horror! ¡Suicidarse mi pobre Geneviève! Dios mío, ¿por qué?

—Sí, ¿por qué? —insinuó Rénine—. ¿Probablemente se ha roto su compromiso?

—Así es, su compromiso se ha roto... ¡Mi querida niña es tan sensible!

Rénine lo interrumpió. En vista de que el buen hombre entraba en confidencias, no había que perder tiempo con palabrería inútil. Muy claramente y en un tono autoritario le dijo:

—Señor, vayamos por orden, ¿le importa? ¿La señorita Geneviève estaba prometida?

Aymard respondió sin evasivas:

—Sí.

—¿Desde cuándo?

—Desde primavera. Fuimos a Niza a pasar las vacaciones de Semana Santa y allí conocimos a Jean-Louis de Ormival. Él vivía con su madre y su tía en el campo, pero, cuando mi hija y yo regresamos a París, se instaló en nuestro barrio. La pareja se veía casi a diario. Les confieso que, a mí, Jean-Louis Vaubois nunca me resultó muy agradable.

—Perdón —le interrumpió Rénine—, antes dijo que se llamaba Jean-Louis de Ormival.

—Sí, también se llama así.

—¿Tiene dos nombres?

—No lo sé. Eso es un misterio.

—¿Cómo se presentó a ustedes?

—Como Jean-Louis de Ormival.

—Entonces, ¿Jean-Louis Vaubois?

—Sí, así se lo presentó a mi hija un señor que lo conocía. Vaubois o de Ormival, de todos modos, qué más da. Mi hija lo adoraba y él parecía amarla apasionadamente. Este verano, en la costa, no se separó de ella. Y luego, el mes pasado, Jean-Louis volvió a su casa para limar asperezas con su madre y su tía y, entonces, mi hija recibió esta carta: «Geneviève, demasiados obstáculos se oponen a nuestra felicidad. Loco de desesperación, renuncio a ti. Te amo más que nunca. Adiós, perdóname». Unos días después, mi hija intentó suicidarse por primera vez.

—¿Y por qué rompió el compromiso? ¿Se enamoró de otra mujer? ¿Una relación anterior?

—No, señor, no creo. Pero Geneviève está completamente convencida de que Jean-Louis esconde un secreto o, más bien, de que varios secretos le condicionan y le hacen la vida imposible. Tiene la expresión más atormentada que nunca haya visto y, desde que lo conocí, presentí en él un sufrimiento y una tristeza que nunca desaparecen, ni siquiera cuando se dejaba llevar por el amor con la mayor confianza.

—¿Y vio algún detalle, cosas raras sorprendentes, que confirmaran su presentimiento? Por ejemplo, los dos nombres, ¿no le preguntó sobre eso?

—Sí, dos veces. La primera me respondió que su tía se llamaba Vaubois y su madre de Ormival.

—¿Y la segunda?

—Lo contrario. Dijo que su madre era Vaubois y su tía de Ormival. Yo se lo señalé. Él solo se sonrojó, y yo no insistí.

—¿Vive lejos de París?

—En un rincón de Bretaña, en una casa solariega que se llama Elseven, a ocho kilómetros de Carhaix.

Rénine se quedó pensativo unos minutos. Luego, muy decidido, le ordenó al anciano:

—No quiero molestar a Geneviève, pero dígale exactamente esto: «Geneviève, el señor que te salvó te promete por su honor que te devolverá a tu prometido dentro de tres días. Escribe una nota a Jean-Louis y ese señor se la entregará».

El anciano pareció desconcertado y dijo balbuceando:

—¿Podría usted...? ¿Y mi hija se salvaría de la muerte? ¿Y sería feliz? —Luego añadió, con un tono casi imperceptible y una actitud como avergonzada—: ¡Ay, señor! Hágalo rápido, porque sospecho, por su comportamiento, que mi hija ha olvidado todos sus deberes y no quiere sobrevivir a un deshonor... que pronto será público.

—Señor, calle —le ordenó Rénine—. Hay cosas que no deben decirse.

Esa misma noche, Hortense y Rénine subieron al tren de Bretaña. Llegaron a Carhaix a las diez de la mañana, y a las doce y media, después de comer, se montaron en un coche que les había prestado una personalidad de la zona.

—Querida amiga, está un poco pálida —comentó Rénine riendo, al bajar del coche delante del jardín de Elseven.

—Le confieso —contestó Hortense— que esta historia me conmueve mucho. Una chica que se ha enfrentado a la muerte dos veces... ¡Cuánto valor hace falta! Así que me da miedo...

—¿Qué le da miedo?

—Que usted no lo consiga. ¿No está preocupado?

—Querida amiga —respondió—, probablemente le sorprenderé infinitamente si digo que más bien estoy bastante contento.

—¿Por qué?

—No lo sé. La historia que, con toda razón, a usted le conmueve, a mí me parece que, en el fondo, tiene algo de gracia. De Ormival... Vaubois... Me huele un poco a antiguo, a rancio... Créame, querida amiga, y tranquilícese. ¿Vamos?

Entraron por la puerta central. Esa puerta tenía dos portalones a cada lado; en uno ponía «Señora de Ormival», y en el otro, «Señora de Vaubois». Cada uno de los portalones se abría a un sendero que, entre aucubas y bojes, se desviaba a izquierda y derecha del camino principal.

Este llevaba a una vieja casa solariega, pintoresca, alargada y baja, pero con dos alas feas, recargadas, diferentes entre ellas, en las que desembocaba cada uno de los caminos laterales. Evidentemente, a la izquierda vivía la señora de Ormival y a la derecha, la señora Vaubois.

Unas voces detuvieron a Hortense y Rénine. Se quedaron escuchando. Eran unas voces agudas, precipitadas, discutiendo, que salían de una de las ventanas de la planta baja, a ras del suelo, cubierta a lo largo de vides rojas y rosas blancas.

—No podemos seguir —dijo Hortense—. Sería indiscreto.

—Razón de más —murmuró Rénine—. En este caso, la indiscreción es un deber, porque venimos a conseguir información. Mire, si vamos por el camino recto, los que están ahí discutiendo no podrán vernos.

De hecho, la discusión seguía y, cuando llegaron a la ventana abierta, que estaba al lado de la puerta de entrada, solo tuvieron que mirar y escuchar para ver y oír, por entre las rosas y las hojas, a dos ancianas hablando a voz en grito y amenazándose con el puño.

Las dos mujeres estaban delante de la ventana, en un comedor amplio, con la mesa aún puesta; y, sentado a la mesa, había un hombre joven, sin duda, Jean-Louis, fumando en pipa y leyendo el periódico, sin aparentemente preocuparse de las dos brujas.

Una, delgada y alta, llevaba un vestido de seda color ciruela y tenía el pelo rizado, demasiado rubio para un rostro marchito. La otra, aún más delgada, pero muy bajita, era pelirroja, tenía la cara encendida de rabia, muy maquillada, y se meneaba dentro de una bata de percal.

—¡Tiñosa! —chillaba la pelirroja—. Mala como no hay otra y, para colmo, ladrona.

—¡Yo ladrona! —gritó la otra.

—Y los patos a diez francos la pieza, ¿eso no es robar?

—¡Calla, sinvergüenza! ¿Quién me birló el billete de cincuenta de mi tocador? ¡Ay, Dios mío, vivir con esta cochina!

La otra se indignó con el insulto e increpó al chico:

—¿Y tú qué, Jean? ¿Vas a dejar que la malvada de Ormival me insulte?

Y la alta, furiosa, volvió a la carga:

—¡Malvada! ¿La oyes, Louis? ¡Ahí tienes a la Vaubois, con esos aires de vieja casquivana! ¡Dile que se calle!

De repente, Jean-Louis dio un puñetazo en la mesa, que hizo saltar los platos, y soltó:

—¡Dejadme en paz las dos, viejas locas!

Y entonces las dos se volvieron contra él y empezaron a insultarle.

—¡Cobarde! ¡Hipócrita! ¡Mentiroso! ¡Mal hijo! ¡Hijo de una granuja, y granuja tú también!

Al chico le llovieron los insultos. Se tapó los oídos y se revolvió delante de la mesa como si se le hubiera agotado la paciencia y se contuviera para no lanzarse sobre el enemigo a brazo partido.

Rénine dijo en voz muy baja:

—¿Qué le había dicho? En París el drama, aquí la comedia. Entremos.

—¿Ahí, con esas mujeres desatadas? —protestó Hortense.

—Exactamente.

—Pero...

—¡Querida amiga, no hemos venido a espiar, sino a actuar! Sin máscaras, las veremos mejor.

Se dirigió a la puerta muy decidido, la abrió y entró en el comedor seguido de Hortense. Su aparición las dejó boquiabiertas. Se quedaron mudas, completamente coloradas y temblando de rabia. Jean-Louis se levantó, muy pálido. Y, aprovechando el desconcierto, Rénine empezó a hablar rápidamente:

—Permítanme que nos presente: yo soy el príncipe Rénine y ella la señora Daniel. Somos amigos de la señorita Geneviève Aymard y venimos de su parte... Aquí tiene una carta de ella, dirigida a usted, señor.

Jean-Louis, ya confuso con la interrupción de los recién llegados, al oír el nombre de Geneviève perdió la compostura. Sin saber muy bien lo que decía, y respondiendo con la misma educación que Rénine, quiso también hacer las presentaciones y soltó esta frase asombrosa:

—La señora de Ormival, mi madre... Y la señora Vaubois, mi madre...

Se hizo un silencio bastante largo. Rénine saludó. Hortense no sabía a cuál de las dos madres estrechar primero la mano. Pero, pasó lo siguiente: las dos señoras a la vez intentaron coger la carta que Rénine entregaba a Jean-Louis y farfullaron al unísono:

—¡La señorita Aymard! ¡Qué desfachatez! ¡Qué impertinencia!

Entonces Jean-Louis, algo más tranquilo, agarró a su madre de Ormival y la sacó por la izquierda, y luego a su madre Vaubois, por la derecha. Se acercó a los recién llegados, abrió el sobre y leyó a media voz: «Jean-Louis, te ruego que recibas a la persona que te entregue esta carta. Confía en él. Te quiero. Geneviève».

Jean-Louis era un hombre algo corpulento, de tez muy morena y cara delgada y huesuda, con esa expresión melancólica y triste que había descrito el padre de Geneviève. Francamente, se veía el sufrimiento en cada uno de sus rasgos atormentados, en sus ojos sensibles y la mirada nerviosa.

Repitió varias veces el nombre de Geneviève mirando a su alrededor distraídamente. Parecía buscar una excusa a su comportamiento, parecía a punto de explicarse. Pero no supo qué decir. Esas palabras lo habían desconcertado, como un ataque inesperado al que no sabía responder.

Rénine se dio cuenta de que ese hombre se rendiría al primer envite. Llevaba tantos meses luchando y sufriendo en ese rincón apartado, y en el silencio obstinado en el que se había refugiado, que ni pensaba en defenderse. De hecho, en ese momento, cuando alguien había entrado en la intimidad de su detestable existencia, ¿podía hacerlo?

Rénine lo atacó brutalmente:

—Señor —le dijo—, Geneviève ha intentado suicidarse dos veces desde que rompieron. Vengo a preguntarle si su muerte inevitable y próxima debe ser el desenlace de su amor por ella.

Jean-Louis se derrumbó en una silla y ocultó la cara entre las manos.

—¡Ay! —exclamó—, Geneviève ha querido matarse... ¿Cómo es posible? Rénine no le dio tregua:

—Señor, crea firmemente que le conviene confiar en nosotros. Somos amigos de Geneviève Aymard. Le prometimos ayudarla. No dude, se lo suplico...

El hombre levantó la cabeza.

—¿Puedo dudar después de lo que me ha dicho? —dijo desalentado—. ¿Puedo, después de lo que ustedes acaban de oír aquí hace un momento? Ustedes ya se imaginan mi vida. No hace falta decir nada más para que la conozcan íntegramente y para que informen de mi secreto a Geneviève... Si conoce este secreto, ridículo pero formidable, comprenderá por qué no volví a su lado y por qué no puedo permitirme volver...

Rénine echó una mirada a Hortense. Veinticuatro horas después de que el padre de Geneviève se confiara a ellos, Rénine, con el mismo método, conseguía que Jean-Louis les revelara sus secretos. El testimonio de los dos hombres dejaba al descubierto toda la historia. Jean-Louis acercó un sillón a Hortense. Rénine y él se sentaron y el chico, sin que hubiera necesidad de preguntarle más, incluso como si sintiera algo de alivio al confesar, dijo:

—Señor, no se sorprenda demasiado si le cuento mi historia con cierta ironía, porque, en honor a la verdad, es una historia francamente cómica, que casi les hará reír. El destino a veces se divierte jugando estas estúpidas malas pasadas, estas bromas, que parecen pensadas por un cerebro enloquecido o por un borracho. Júzguenlo ustedes mismos:

»En aquella época, hace veintisiete años, la casa solariega de Elseven solo tenía el cuerpo central, y ahí vivía un médico anciano que, para incrementar sus módicos recursos, a veces alojaba a uno o dos huéspedes. Así que la señora de Ormival pasaba aquí un verano, y la señora Vaubois el siguiente. Pues bien, estas dos señoras que, por cierto, no se conocían, perdieron a sus maridos al mismo tiempo: una estaba casada con un capitán de la marina mercante y pesquera bretón y la otra con un agente comercial de La Vendée. Cuando ocurrió aquello, las dos estaban embarazadas. Y como ambas vivían en el campo, lejos de cualquier hospital, le escribieron al médico, pidiéndole ir a dar a luz a su casa.

»El médico las recibió. Las dos llegaron casi al mismo tiempo, en otoño. Ocuparon dos habitaciones pequeñas, detrás de este comedor. El médico había contratado a una enfermera, que también dormía en la casa. Todo iba muy bien. Las dos mujeres hacían sus canastillas y se llevaban perfectamente. Habían decidido que tendrían un varón cada una y ya habían elegido los nombres: Jean y Louis.

»Pero, una noche, el médico tuvo que salir para atender a un enfermo. Se fue en su cabriolé con el criado y avisó que no volvería hasta el día siguiente. Con el amo ausente, una chiquilla que trabajaba de sirvienta en la casa se escapó a ver a su enamorado. Se dieron tantas casualidades que el destino las aprovechó con una maldad diabólica. Hacia medianoche, la señora de Ormival empezó a sentir los primeros dolores de parto. La enfermera, la señorita Boussignol, que casi era matrona, mantuvo la cabeza fría. Pero, una hora después, le tocó el turno a la señora Vaubois y el drama o, mejor dicho, la tragicomedia se desarrolló entre los gritos y gemidos de las dos parturientas y el nerviosismo asustado de la enfermera, que iba corriendo de una a otra, quejándose, abriendo la ventana para llamar al doctor o arrodillándose para rezar al Señor.

»La primera que dio a luz a un varón fue la señora Vaubois. La señorita Boussignol lo trajo rápidamente a este comedor, lo atendió, lo lavó y lo dejó en su cuna.

»Pero la señora de Ormival aullaba de dolor y la enfermera tuvo que ir a atenderla, mientras el recién nacido se consumía chillando como un animal apaleado y la madre aterrada, clavada en la cama de su habitación, se desmayó.

»A todo esto, añádanle los problemas del desorden y la oscuridad: la única lámpara se quedó sin petróleo, las velas se apagaron, el ruido del viento, el ulular de las lechuzas..., y comprenderán que la señorita Boussignol estaba loca de espanto. Por fin, a las cinco, después de muchos trágicos incidentes, trajo aquí al pequeño de Ormival, también varón. Lo atendió, lo lavó, lo puso en su cuna y volvió a ayudar a la señora de Ormival, que ya había vuelto en sí y vociferaba. Luego, fue la señora Vaubois la que se desmayó.

»Y cuando la señorita Boussignol se liberó de las dos mujeres, muerta de cansancio y completamente alborotada, volvió junto a los recién nacidos y se dio cuenta horrorizada de que los había envuelto en mantillas iguales, les había puesto patucos de lana idénticos y los había acostado juntos, ¡en la misma cuna!, de manera que era imposible saber quién era Louis de Ormival y quién Jean Vaubois.

»Además, cuando cogió en brazos a uno de los bebés, comprobó que tenía las manos heladas y que no respiraba. Estaba muerto. ¿Cuál había muerto y cuál vivía?

»Tres horas más tarde, cuando el doctor regresó, se encontró a las dos mujeres desesperadas y enloquecidas, y a la enfermera arrastrándose de una cama a otra, implorando perdón. La enfermera me llevaba a mí, el vivo, por turnos, para que me acariciasen, y ellas unas veces me besaban y otras me rechazaban. Porque, después de todo, ¿quién era yo, el hijo de la viuda de Ormival y del difunto capitán o el hijo de la señora Vaubois y del difunto agente comercial? No había ninguna pista para decidir.

»El doctor suplicó a las dos madres que sacrificaran sus derechos, al menos legalmente, para que pudiera llamarme Louis de Ormival o Jean Vaubois. Ambas se negaron tajantemente.

»—¿Por qué Jean Vaubois si es un Ormival? —protestaba una.

»—¿Por qué Louis de Ormival si es Jean Vaubois? —respondía la otra.

»Me inscribieron en el registro con el nombre de Jean-Louis, hijo de padre y madre desconocidos.

El príncipe Rénine había escuchado en silencio. Pero a Hortense, a medida que se acercaba el final de la historia, le invadió una risa que apenas podía dominar, y el joven se había dado perfecta cuenta.

—Perdone —balbuceó Hortense con lágrimas en los ojos—, perdone, son los nervios.

—No se excuse, señora —respondió Jean-Louis en voz baja, sin amargura—. Ya les había dicho que la historia es de risa y que yo, mejor que nadie, sé lo estúpida y absurda que es. Sí, todo es grotesco. Pero créanme si les digo que, en realidad, no ha sido divertido. Es una situación aparentemente cómica que, por fuerza, resulta cómica, pero es una situación espantosa. Se dan cuenta, ¿no es así? Ninguna de las madres estaba segura de ser la madre y ninguna estaba segura de no serlo, pero las dos se aferraron a Jean-Louis.

Quizá fuera alguien ajeno, pero quizá fuera el hijo de sus entrañas. Ambas lo quisieron en exceso y se lo disputaron con rabia. Y, sobre todo, llegaron a odiarse a muerte. Dos mujeres con carácter y educación diferentes, pero obligadas a vivir juntas, como enemigas sin tregua, porque ninguna quería renunciar al beneficio de su posible maternidad.

»Yo crecí rodeado de odio, un odio que ellas me enseñaron. Si de niño me acercaba a una buscando cariño, la otra me insinuaba desprecio y aversión. En esta casa, que compraron cuando murió el médico y luego añadieron las dos alas, fui a diario su verdugo involuntario y su víctima. Viví una infancia tortuosa y una adolescencia espantosa, no creo que nadie haya sufrido más que yo.

—¡Tendría que haberlas dejado aquí e irse! —gritó Hortense, que ya no reía.

—Nadie deja a su madre —respondió Jean-Louis—, y una de ellas es mi madre. Tampoco una madre abandona a su hijo, y las dos pueden creer que soy su hijo. Los tres estábamos atados como esclavos, nos ataba el dolor, la compasión, la duda y también la esperanza de que quizá algún día se supiera la verdad. Y aquí seguimos los tres, insultándonos y reprochándonos haber malgastado la vida. ¡Ay, qué infierno! ¿Cómo escapar? Lo intenté varias veces... inútilmente. Los lazos rotos volvían a anudarse. Una vez más, este verano, con el ímpetu de mi amor por Geneviève, quise liberarme e intenté convencer a las dos mujeres que llamo mamá. Y luego, luego me di de bruces con sus quejas, con el odio inmediato a mi esposa, a la extraña que les imponía... Y cedí... ¿Qué habría hecho Geneviève aquí, entre las señoras de Ormival y Vaubois? ¿Tenía derecho a sacrificarla?

Jean-Louis se fue animando poco a poco y dijo estas últimas palabras con una voz firme, como si quisiera que su comportamiento se atribuyera a razones de conciencia y a un sentimiento de deber. En realidad, y Rénine y Hortense no se equivocaron, era un hombre débil, incapaz de reaccionar ante una situación absurda, que había sufrido desde la infancia, y que consideraba irremediable y definitiva. La soportaba como una cruz muy pesada, que uno no se permite rechazar, pero, al mismo tiempo, le avergonzaba. No le contó la verdad a Geneviève por miedo al ridículo, y luego volvió a su prisión, y allí seguía por costumbre y apatía. Se sentó delante de un secreter y escribió una carta rápidamente, que entregó a Rénine:

—¿Querría usted llevar esta nota a la señorita Aymard y suplicarle de nuevo que me perdone? —le pidió. Rénine no se movió y, cuando Jean-Louis insistió, agarró la carta y la rompió—. ¿Qué significa esto? —preguntó el joven.

—Que no llevaré ningún recado.

—¿Por qué?

—Porque usted se viene con nosotros.

—¿Yo?

—Mañana estará con la señorita Aymard y le pedirá matrimonio.

Jean-Louis miró a Rénine con un aire algo desdeñoso, como si hubiera pensado: «Este señor no ha entendido nada de todo lo que le he contado».

Hortense se acercó a Rénine.

—Dígale que Geneviève ha querido matarse y que se matará sin remedio...

—No vale la pena, vamos a hacer lo que yo he dicho. Salimos los tres en una o dos horas. Mañana le pedirá matrimonio.

Jean-Louis se encogió de hombros y murmuró en un tono burlón:

—¡Está usted muy seguro de lo que dice!

—Tengo motivos para estarlo. Encontraremos un motivo.

—¿Cuál?

—Le daré uno, solo uno, pero le bastará, si usted quiere ayudarme a investigar.

—¡Investigar! ¿Con qué objetivo? —preguntó Jean-Louis.

—Con el objetivo de demostrar que su historia no es completamente cierta.

Jean-Louis se rebeló:

—Señor, le ruego que crea que no he dicho ni una palabra que no se ajuste a la estricta verdad.

—Me he explicado mal —respondió Rénine, con mucha delicadeza—. Es cierto, usted no ha dicho ni una palabra que no se ajuste a lo que usted cree que es la estricta verdad. Pero esa no es la verdad, la verdad no puede ser la que usted cree.

El joven se cruzó de brazos.

—Hay muchas posibilidades de que lo sea, porque la conozco mejor que usted.

—Mejor, ¿por qué? Lo que ocurrió aquella trágica noche solo lo sabe de oídas. No tiene pruebas, y las señoras de Ormival y Vaubois tampoco.

—¿Pruebas de qué? —gritó Jean, impacientándose.

—Pruebas de la confusión que se produjo.

—¿Cómo dice? ¡Ocurrió así con una certeza absoluta! La enfermera dejó los niños en la misma cuna, sin nada que los distinguiera. Ella no pudo saber...

—Bueno —lo interrumpió Rénine—, al menos esa fue la versión que dio.

—¿Qué dice? ¿La versión que dio? Está acusando a esa mujer.

—No la acuso.

—Claro que sí. ¿No la acusa de mentir? ¿Y por qué? Ella no sacaba ningún beneficio de aquello. Sus lágrimas, su desesperación... y muchos testimonios confirman su buena fe. Por Dios, las dos madres estaban ahí. Vieron llorar a esa mujer... Le hicieron mil preguntas. Y, además, insisto, ¿qué beneficio sacaba ella?

Jean-Louis estaba muy exaltado. A su lado, las dos mujeres, que seguramente habían estado escuchando detrás de la puerta, había entrado disimuladamente y farfullaban:

—No, no, eso es imposible... Desde entonces se lo hemos preguntado cien veces. ¿Por qué nos mentiría?

—Señor, diga algo —le ordenó Jean-Louis—, dé alguna explicación. ¡Diga por qué razón intenta poner en duda una verdad incuestionable!

—Porque esa verdad es inadmisible —sentenció Rénine, levantando la voz e irritado él también, hasta llegar a recalcar esas palabras con golpes en la mesa—. No, las cosas no pasaron así. No, ¡el destino no es tan refinadamente cruel y las casualidades no se suman una tras otra de una manera tan desorbitada! Ya es una casualidad sorprendente que, precisamente la misma noche que el doctor, el criado y la sirvienta no estaban en casa, las dos mujeres empezaran con los dolores de parto a la misma hora y dieran a luz a dos niños a la vez. ¡No añadamos a esto algo más extraño aún! ¡Ya basta de maleficios! ¡Ya basta de lámparas apagadas y de velas que no prenden! ¡No, no y no! ¡Es inadmisible que una matrona se confunda en lo fundamental de su profesión! Por muy frenética que estuviera debido al cúmulo de circunstancias imprevistas, en su interior queda el instinto que vigila y hace que cada uno de los niños esté en el lugar que le corresponde y que puedan distinguirse. Incluso aunque los hubiera acostado juntos, uno está a la derecha y el otro a la izquierda. Incluso aunque los hubiera envuelto en mantillas iguales, hay un pequeño detalle diferente, algo que la memoria graba y se recuerda instintivamente sin necesidad de pensar. ¿Una confusión? Lo niego. ¿Imposible distinguirlos? Mentira. En la ficción, sí, alguien puede imaginar todas esas fantasías y acumular todas las contradicciones que quiera. Pero, en la vida real, en el centro de la vida real, siempre hay un punto fijo, un núcleo sólido en torno al que van uniéndose los hechos por sí solos, siguiendo un orden lógico. Así que afirmo categóricamente que la enfermera Boussignol no pudo confundir a los dos niños.

Lo decía con tanta firmeza como si hubiera estado allí esa noche, y tenía tanto poder de convicción que, al primer intento, quebrantaba la seguridad de quienes no habían albergado la menor duda en medio siglo.

Las dos mujeres y el hijo se apiñaron a su alrededor y le preguntaron jadeando de angustia:

—Entonces, según usted, ¿la enfermera sabría...? ¿Ella podría descubrir...?

Rénine rectificó:

—Yo no me pronuncio. Solo digo que durante esas horas hay algo en su comportamiento que no se corresponde ni con sus palabras ni con la realidad. Todo este enorme e intolerable misterio con el que los tres han cargado no se debe a un breve descuido, sino a ese algo que nosotros no entendemos y ella sabe. Esto es lo que afirmo.

Jean-Louis tuvo un arrebato de rebeldía. Quería escapar de la presión de ese hombre.

—Sí, lo que usted afirma —protestó.

—¡Y lo que ocurrió! —recalcó violentamente Rénine—. No es en absoluto necesario asistir a un espectáculo para verlo ni escuchar unas palabras para oírlas. La razón y la intuición nos proporcionan pruebas tan rigurosas como los mismos hechos. La enfermera Boussignol guarda escondido en su conciencia un dato de la verdad que nosotros desconocemos.

Jean-Louis pronunció en un tono sordo:

—¡La enfermera aún vive! ¡Y vive en Carhaix! ¡Podemos ir a buscarla y traerla aquí!

Inmediatamente una de las madres gritó:

—Yo iré a por ella. Yo la traeré.

—No —dijo Rénine—. Ninguno de los tres.

Hortense se ofreció:

—¿Quiere que vaya yo? Voy en el automóvil y convenzo a esa mujer de que venga conmigo. ¿Dónde vive?

—En el centro de Carhaix —respondió Jean-Louis—, encima de una mercería pequeña. El chófer le indicará. Todo el mundo conoce a la señorita Boussignol.

—Pero, sobre todo, querida amiga —añadió Rénine—, no le informe de nada. Es mejor que se ponga nerviosa. Pero que no sepa lo que queremos de ella; es una precaución indispensable si quiere conseguir que venga.

Pasaron media hora en absoluto silencio. Rénine daba vueltas por la habitación; unos preciosos muebles antiguos, unos bonitos tapices, unos libros cuidadosamente encuadernados y unos hermosos objetos decorativos indicaban que Jean-Louis apreciaba el arte y el estilo. Esa habitación era la suya de verdad. A los dos lados, a través de las puertas entreabiertas de las viviendas contiguas, podía constatarse el mal gusto de las dos madres. Rénine se acercó al joven y murmuró:

—¿Son ricas?

—Sí.

—¿Y usted?

—Las dos quisieron que me quedara con la casa y toda la tierra, lo que me garantiza con creces la independencia económica.

—¿Tienen familia?

—Sí, dos hermanas cada una.

—¿Podrían ir con ellas?

—Sí, algunas veces lo han pensado. Pero, señor, eso está descartado y me temo que su intervención no nos llevará a buen puerto. Le aseguro una vez más...

Llegaba el coche. Las dos mujeres se levantaron precipitadamente ya dispuestas a interrogar a la enfermera.

—Déjenme a mí —ordenó Rénine— y no se sorprendan de lo que diga. Lo importante no es hacerle preguntas sin parar, sino asustarla, aturdirla. Y, cuando esté desconcertada, hablará.

El auto rodeó el césped y se detuvo delante de las ventanas. Hortense salió y le ofreció la mano a una anciana, vestida con una cofia encañonada, un corpiño de terciopelo negro y una falda gruesa, plisada.

La anciana entró muy asustada. Tenía cara de comadreja, muy afilada, y terminaba en un hocico con dientecitos que sobresalían de la boca.

—¿Qué ocurre, señora de Ormival? —dijo muy asustada, al entrar a la habitación de la que el doctor la echó en su día—. Muy buenos días, señora Vaubois.

Las mujeres no respondieron. Rénine se acercó y dijo en un tono severo:

—¿Qué ocurre, señorita Boussignol? Yo se lo diré. Y le insisto enérgicamente que sopese bien cada una de mis palabras. —Rénine parecía un juez de instrucción, que consideraba incuestionable la culpabilidad de la interrogada. Así empezó a hablar—: Señorita Boussignol, la policía de París me ha designado para aclarar una historia que sucedió aquí hace veintisiete años. Pues bien, acabo de conseguir la prueba de que usted alteró la verdad de esa historia, en la que tuvo un cometido considerable, y, como consecuencia de sus declaraciones falsas, el estado civil de uno de los niños que nació aquella noche no es correcto. Las falsas declaraciones en materia de estado civil son un delito punible por ley. Así que me veo obligado a trasladarla a París para someterla allí, en presencia de su abogado, al interrogatorio pertinente.

—¿A París...? ¿Mi abogado...? —pronunció entre gemidos la señorita Boussignol.

—Es completamente necesario, señorita, porque pesa sobre usted una orden de arresto. Salvo que... —insinuó Rénine—, salvo que desde este mismo momento esté usted dispuesta a confesar cualquier cosa capaz de reparar las consecuencias de su delito. —La solterona temblaba entera. Le castañeteaban los dientes. Era manifiestamente incapaz de oponer la menor resistencia a Rénine—. ¿Está dispuesta a confesarlo todo? —preguntó.

La mujer se aventuró:

—No tengo nada que confesar, porque yo no hice nada.

—Entonces, vámonos —respondió.

—No, no —imploró la anciana—. Señor, sea bueno conmigo, se lo suplico...

—¿Está decidida a confesar entonces?

—Sí —respondió en un suspiro.

—Inmediatamente, ¿verdad? El tiempo acucia, tenemos que subir a un tren. Este caso tiene que quedar resuelto enseguida. Al menor titubeo, me la llevo. ¿De acuerdo?

—Sí.

—Pues vamos directos al grano, sin subterfugios ni evasivas. —Rénine señaló a Jean-Louis—. ¿De quién es hijo este señor? ¿De la señora de Ormival?

—No.

—Entonces, ¿de la señora Vaubois?

—No.

Las dos respuestas los dejó consternados, sin poder hablar.

—Explíquese —ordenó Rénine, mirando el reloj.

Entonces la señorita Boussignol cayó de rodillas y contó la historia, en un tono tan bajo y con una voz tan alterada que tuvieron que inclinarse a su lado para entender más o menos lo que farfullaba:

—Esa noche, vino una persona, un señor que traía un recién nacido envuelto en mantas para encomendárselo al doctor. Como el doctor no estaba, se quedó toda la noche esperando y él lo hizo todo.

—¿Cómo? ¿Qué hizo? —preguntó Rénine—. ¿Qué pasó?

El príncipe había sujetado las dos manos de la anciana y la tenía bajo su mirada imperiosa. Jean-Louis y las dos madres se inclinaban sobre ella, sin aliento, ansiosos. Sus vidas dependían de las palabras que iba a pronunciar esa mujer.

Esas palabras las dijo despacio, con las manos juntas, como se confiesa un crimen:

—Bueno. Lo que ocurrió es que murieron los dos niños, no uno, murieron los dos entre convulsiones, el de la señora de Ormival y el de la señora Vaubois. Entonces, aquel señor, al verlo, me dijo. Recuerdo cada uno de las palabras, el sonido de su voz, todo. Bueno, me dijo: «Las circunstancias me indican mi deber. Debo aprovechar la ocasión para que mi hijo sea feliz y esté bien cuidado. Cámbielo por uno de los muertos». Me ofreció una buena cantidad de dinero, porque, según me dijo, aquello le evitaba un montón de gastos que tendría que pagar todos los meses por el niño, y yo acepté. El problema era: ¿por cuál sustituirlo? ¿Quién sería ese niño, Louis de Ormival o Jean Vaubois? Ese hombre lo pensó un momento y dijo: «Ninguno de los dos». Entonces, me explicó cómo debía actuar y lo que debía contar cuando él se marchara. Y mientras yo vestía a su hijo con un pelele y una mantilla igual a la de uno de los bebés muertos, él envolvió al otro en las mantas que había traído y se fue en medio de la noche.

La señorita Boussignol agachó la cabeza y se echó a llorar. Unos minutos después, Rénine, con un tono muy benévolo, dijo:

—No le negaré que su declaración concuerda con mi investigación. Lo tendremos en cuenta.

—¿No iré a París?

—No.

—¿No me llevará? ¿Puedo irme?

—Puede irse. De momento, hemos acabado.

—¿Y no se hablará de nada de esto en la región?

—¡No! ¡Ah, una cosa más! ¿Sabe el nombre de aquel individuo?

—No me lo dijo.

—¿Lo ha vuelto a ver?

—Jamás.

—¿Tiene algo más que declarar?

—No, nada más.

—¿Está dispuesta a firmar su confesión escrita?

—Sí.

—Está bien. La convocaremos en una o dos semanas. Hasta entonces, ni una palabra a nadie.

La anciana se levantó y se persignó. Pero le traicionaron las fuerzas y tuvo que apoyarse en Rénine. Él la sacó de la habitación y cerró la puerta al salir. Cuando volvió, Jean-Louis estaba entre las dos mujeres; los tres se sujetaban las manos. El vínculo de odio y miseria que los unía se había roto, y eso estableció entre ellos inmediatamente, sin necesidad de pensarlo, una ternura y un sosiego inconsciente que los dejó serios y recogidos.

—Démonos prisa —dijo Rénine a Hortense—. Es el momento decisivo de la batalla. Hay que llevarse a Jean-Louis.

Hortense estaba como distraída y murmuró:

—¿Por qué ha dejado ir a esa mujer? ¿Está satisfecho con su declaración?

—La cuestión no es si yo estoy satisfecho, lo importante es que ha dicho lo que pasó. ¿Qué más quiere?

—Nada... No sé.

—Querida amiga, ya hablaremos de esto. De momento, insisto, hay que llevarse a Jean-Louis, y enseguida. De lo contrario... —Rénine se dirigió al joven y le dijo—: Imagino que estará de acuerdo conmigo en que los acontecimientos les imponen, tanto a usted como a las señoras Vaubois y de Ormival, una distancia que les permita a los tres ver la situación con claridad y tomar una decisión con total libertad de conciencia, ¿verdad? Señor, venga con nosotros. Lo prioritario es salvar a Geneviève Aymard, su prometida. —Jean-Louis seguía perplejo. Rénine se volvió hacia las dos mujeres—: Estoy convencido de que ustedes opinan lo mismo, ¿no es así? —ambas asintieron con la cabeza—. ¿Lo ve usted? —le dijo a Jean-Louis—, todos estamos de acuerdo. En los momentos de crisis, es necesario alejarse... Bueno, quizá no mucho tiempo..., unos días de pausa. Después será lícito que deje a Geneviève Aymard y retome su vida. Pero esos días son indispensables. Rápido, señor.

Y, sin darle tiempo a pensar, lo empujó a su habitación aturdiéndole con frases persuasivas y obstinadas.

Media hora después, Jean-Louis salía por la puerta de la casa.

—Y volverá casado —dijo Rénine a Hortense, mientras cruzaban la estación de Guingamp, donde los había dejado el coche, y Jean-Louis se ocupaba de su equipaje—. Todo ha salido a pedir de boca. ¿Está contenta?

—Sí, la pobre Geneviève será feliz —respondió Hortense no muy convencida.

Una vez instalados en el tren, Rénine y Hortense fueron al vagón restaurante. Rénine charló de varias cosas con Hortense, pero ella solo le respondía con monosílabos. Cuando terminaron de cenar, él protestó:

—¡Bueno! ¿Pero qué le pasa, querida amiga? Parece preocupada.

—¿Yo? Por supuesto que no.

—Sí, claro que sí, la conozco. Vamos, sin reservas.

Hortense sonrió.

—De acuerdo. Ya que insiste tanto en saber si me siento satisfecha, tengo que decirle que, evidentemente, lo estoy por Geneviève Aymard... Pero, desde otra perspectiva..., desde el punto de vista propio de la aventura..., me ha quedado un cierto malestar...

—Dicho con sinceridad, ¿esta vez no la he «deslumbrado»?

—No demasiado.

—¿Le parece que he tenido un papel secundario? Porque, al final, ¿qué he hecho? Vinimos, escuchamos las quejas de Jean-Louis, solicitamos que compareciese una matrona anciana. Y ya está, se acabó.

—Precisamente, lo que me pregunto es si se acabó y no estoy segura. Siendo honesta, las otras aventuras me dejaron una sensación más... ¿Cómo lo explico? Más franca, más clara.

—¿Y esta le parece confusa?

—Confusa, sí, inacabada.

—¿Por qué?

—No lo sé. Pudiera ser por la confesión de esa mujer... Sí, probablemente. ¡Fue tan inesperado y tan breve!

—¡Pues claro! —dijo Rénine riendo—. Usted cree acertadamente que la corté en seco. No hacían falta demasiadas explicaciones.

—¿Cómo?

—Sí, si esa mujer se hubiera extendido en explicaciones demasiado detalladas, los tres habrían acabado por desconfiar de lo que decía.

—¿Desconfiar?

—¡Por Dios! La historia está un poco traída por los pelos. Llega un señor, de noche, con un niño en brazos y se va con un cadáver... ¡No se tiene en pie! Qué quiere, querida amiga, no tuve demasiado tiempo para inspirar su papel a la pobre mujer.

Hortense lo miraba atónita.

—¿Qué quiere decir?

—Sí, las mujeres de campo son duras de mollera, ¿no le parece? Apremiaba el reloj. Así que construimos un guion deprisa y corriendo, que, por cierto, no interpretó nada mal. Consiguió el tono... El desconcierto, el temblor, las lágrimas...

—¡Imposible! ¡Imposible! —murmuró Hortense—. ¿Habló con ella antes?

—Tuve que hacerlo.

—¿Cuándo?

—Por la mañana, cuando llegamos. Mientras usted se refrescaba en el hotel de Carhaix, yo corrí a informarme. Comprenderá que el drama de Ormival-Vaubois es muy conocido en la región. Rápidamente me hablaron de la antigua matrona, la señorita Boussignol. Con ella, no me entretuve mucho. Tres minutos para establecer la nueva versión de lo que pasó y 10 000 francos para que aceptara repetir esa versión, bastante inverosímil, delante de la gente de la casa...

—¡Completamente inverosímil!

—No tanto, querida amiga, usted se la creyó y los otros también. Y era fundamental. Había que derribar de golpe una verdad que se sostiene desde hace veintisiete años, y una verdad francamente sólida porque está construida sobre la base de la realidad de los propios hechos. Por eso arremetí contra esa verdad con todas mis fuerzas y la ataqué con la elocuencia: ¿Imposible distinguir a los niños? ¡Lo niego! ¿Una confusión? ¡Mentira! Los tres son víctimas de algo que ignoro, pero su deber es desentrañarlo. «Muy fácil —grita Jean-Louis, conmocionado—, traigamos a la señorita Boussignol.

Traigámosla». Y, como habíamos acordado, llega la señorita Boussignol y suelta en sordina el discursito que yo le había machacado. Giro inesperado. Consternación. Y lo aprovecho para llevarme al joven.

Hortense movió la cabeza.

—¡Pero los tres se repondrán y pensarán!

—¡Ni de broma! A lo mejor les asalta alguna duda. ¡Pero nunca admitirán tener una evidencia! ¡No soportarán pensar! ¡Cómo iban a hacerlo! Son unas personas a las que yo he sacado de un infierno en el que se debatían desde hace un cuarto de siglo, ¿y van a querer volver a él? Unas personas que por abulia o por un falso sentimiento de deber no tuvieron el coraje de escapar, ¿y no van a aferrarse a la libertad que les doy? ¡Vamos, por Dios! Se habrían tragado tonterías aún más indigestas que las que les sirvió en bandeja la señorita Boussignol. Después de todo, bueno, mi versión no es más estúpida que la verdad. Al contrario, ¡y se la han tragado de cabo a rabo! Fíjese, antes de irnos, oí a las dos señoras hablar de mudarse inmediatamente. Y, ante la idea de no volver a verse, ya se pusieron muy cariñosas la una con la otra.

—¿Y Jean-Louis?

—¡Jean-Louis! ¡Él estaba hasta la coronilla de sus dos madres! ¡Por Dios, uno no tiene dos madres en la vida! ¡Vaya situación para un hombre! Si tienes la suerte de poder elegir entre tener dos madres o ninguna, ¡demonios, nadie lo duda! Además, Jean-Louis ama a Geneviève. ¡Y quiero creer que lo bastante como para no imponerle dos suegras! Venga, ya puede quedarse tranquila. La felicidad de esa joven está asegurada, ¿y no es eso lo que usted quería? Lo importante es el fin y no el carácter más o menos extraño de los medios. Hay desenlaces de aventuras y misterios que se esclarecen investigando: el descubrimiento de una colilla, jarras incendiarias o una sombrerera que arde, pero otras exigen psicología y solo se solucionan con psicología.

Hortense guardó silencio, pero al momento insistió:

—Entonces, de verdad usted está convencido de que Jean-Louis...

Rénine pareció muy sorprendido.

—¿Cómo puede ser? Aún sigue pensando en esa vieja historia. ¡Todo eso se ha terminado! Escúcheme bien, ya no me interesa en absoluto el hombre de las dos madres. —Y lo dijo con un tono tan cómico y una sinceridad tan divertida que Hortense se echó a reír—. Ya era hora —añadió—, cuando uno ríe, ve las cosas con mucha más claridad que cuando llora. Además, hay otro motivo por el que debe reír siempre que la ocasión se presente.

—¿Cuál?

—Tiene unos dientes preciosos.

VI

LA MUJER DEL HACHA

Uno de los hechos más incomprensibles de la época anterior a la guerra fue, sin duda, el que se conoció como el caso de la mujer del hacha. Nadie habría sabido el desenlace y jamás se habría resuelto si las circunstancias no hubieran obligado cruelmente al príncipe Rénine —¿o deberíamos llamarlo Arsène Lupin?— a ocuparse del asunto, y si nosotros no pudiéramos contar ahora el relato verdadero que él nos confió.

Recordemos los hechos: cinco mujeres desaparecieron en un espacio de tiempo de dieciocho meses; cinco mujeres de entre veinte y treinta años, de diferente condición social, que vivían en París o en la región parisina.

Estos eran sus nombres: la señora Ladoue, mujer de un médico; la señorita Ardent, hija de un banquero; la señorita Covereau, lavandera de Courbevoie; la señorita Honorine Vernisset, modista; y la señorita Grollinger, pintora artística. Las cinco mujeres desaparecieron y fue imposible encontrar ni una sola pista para saber por qué salieron de sus casas y por qué no regresaron, qué las empujó a salir y dónde y cómo las retuvieron.

A los ocho días de ver a cada una por última vez, su cadáver aparecía en una zona del extrarradio, al oeste de París; todas eran mujeres con un hachazo en la cabeza. Y siempre, cerca de cada mujer, atada con fuerza, con la cara llena de sangre y desnutrida, había huellas de ruedas, lo que demostraba que habían trasladado los cuerpos en coche de caballos.

Los cinco asesinatos seguían el mismo patrón; por eso solo se abrió una única instrucción, que incluyó las cinco investigaciones y que, por cierto, no dio ningún resultado. Desaparecía una mujer y, exactamente a los ocho días, aparecía su cadáver. Eso era lo único que se sabía.

Las ataduras eran idénticas. También idénticas, las huellas de las ruedas; e idénticos los hachazos a la altura de la frente, en mitad de la cabeza y verticales.

¿El móvil? A las mujeres les habían quitado las joyas, la cartera y los objetos de valor. Pero eso también podía atribuirse al robo de cualquier ladronzuelo o de alguien que pasara por ahí, porque los cadáveres estaban en zonas despobladas. ¿Había que pensar en un plan para la ejecución de una venganza o más bien en un plan para acabar con una serie de individuos relacionados entre sí, beneficiarios, por ejemplo, de una futura herencia? Sobre eso, tampoco se sabía nada. Los investigadores establecían hipótesis y la revisión de los hechos las desbarataba inmediatamente. Siguieron pistas que no les llevaron a ningún sitio.

Pero, de repente, la situación dio un giro inesperado. Una barrendera encontró en una acera un cuadernito que llevó a la comisaría del barrio.

El cuadernito tenía todas las hojas en blanco, menos una. En esa página estaba la lista de las mujeres asesinadas, en orden cronológico, y con un número de tres cifras junto al nombre: «Ladoue, 132; Vernisset, 118», y así sucesivamente.

Desde luego, los investigadores no habrían dado ninguna importancia a esas líneas, porque todo el mundo conocía la lista fúnebre y podría haberla escrito cualquiera. Pero el caso es que, en lugar de cinco nombres, ¡la lista tenía seis! Sí, debajo de «Grollinger, 128», se leía: «Williamson, 114». ¿Sería la sexta víctima?

El origen claramente inglés del nombre limitaba el espacio de la investigación, que, por cierto, fue rápida, y determinó que, quince días antes, Herbette Williamson, niñera en casa de una familia de Auteuil, dejó el trabajo y regresó a Inglaterra, pero sus hermanas, que habían recibido una carta de Herbette, en la que les avisaba de su inminente llegada, no supieron nada de ella desde entonces.

Se inició una nueva investigación. Un oficial de postas encontró el cadáver en el bosque de Meudon. La señorita Williamson tenía la cabeza abierta por la mitad.

Sobra mencionar la conmoción del público en ese momento y la escalofriante sensación de miedo que produjo en la gente la lectura de la lista, que, sin lugar a dudas, el asesino había escrito de su puño y letra. ¿Hay algo más espantoso que semejante contabilidad, llevada al día como el libro de cuentas de un comerciante? «En tal fecha, maté a esta, en tal otra, a aquella...». Y el resultado: seis cadáveres.

Contra todo pronóstico, los expertos y grafólogos no tardaron mucho en ponerse de acuerdo y declarar unánimemente que la caligrafía era de una mujer «culta, aficionada al arte, con imaginación y una sensibilidad extrema». La mujer del hacha, así la llamaron los periodistas, por lo visto no era ninguna tonta, y miles de artículos estudiaron el caso, presentaron su psicología y se perdieron en explicaciones enrevesadas.

Sin embargo, el autor de uno de esos artículos, un periodista joven que destacó por su hallazgo, fue quien aportó el único dato cierto y quien lanzó la única luz sobre la confusión en la que se sumía el caso. Su investigación sobre el significado de las cifras que aparecían a la derecha de los seis nombres le llevó a plantearse la posibilidad de que esas cifras fueran sencillamente el número de días que había entre un crimen y otro. Bastaba con comprobar las fechas. Inmediatamente, el periodista confirmó la precisión y exactitud de su hipótesis: el secuestro de la señorita Vernisset se produjo 132 días después del de la señora Ladoue; el de la señorita Covereau, a los 118 días del de la señorita Vernisset; y así sucesivamente.

De manera que no había margen para la duda y la justicia solo pudo constatar un resultado adaptado con total exactitud a las circunstancias: las cifras se correspondían con los intervalos. La contabilidad de la mujer del hacha no tenía ninguna deficiencia.

Pero entonces se impuso una observación. A la señorita Williamson, la última víctima, la habían secuestrado el pasado 26 de junio y al lado de su nombre figuraba la cifra 114. ¿No había que admitir que se produciría otra agresión 114 días después, es decir, el 18 de octubre? ¿No había que creer que la horrible tarea se repetiría conforme a la voluntad secreta del asesino? ¿No había que llegar hasta el final del argumento que atribuía a las cifras, a todas las cifras, tanto a la última como a las otras, el valor de fecha posible?

Pues bien, precisamente esta polémica seguía viva y se debatía durante los días anteriores al 18 de octubre, fecha en que la lógica quería que se llevaría a cabo un nuevo acto del drama abominable. Por eso, era normal que la mañana de ese día, el príncipe Rénine y Hortense, al hablar por teléfono para citarse a la noche, también comentaran los periódicos que cada uno acababa de leer.

—¡Ojo! —dijo riendo Rénine—. Si se cruza con la mujer del hacha, cambie de acera.

—Y si me secuestra, ¿qué tengo que hacer? —preguntó Hortense.

—Siembre el camino de piedrecitas blancas y repita hasta el mismo segundo en el que brille el destello del hacha: «No tengo nada que temer, él me salvará»; «él» soy yo... Y me despido con un beso. Hasta la noche, querida amiga.

Por la tarde, Rénine se ocupó de sus asuntos. De cuatro a siete, leyó las ediciones vespertinas de varios periódicos y ninguno hablaba de secuestros.

A las nueve, fue a su club deportivo y reservó unos baños.

A las nueve y media, Hortense no había llegado. Aunque todavía no estaba preocupado, la llamó por teléfono a su casa. La doncella respondió que la señora aún no había vuelto.

De pronto, le invadió el miedo. Rénine corrió a la casa en la que Hortense vivía provisionalmente, cerca del parque Monceau, y habló con la doncella, a la que él había contratado y le estaba muy agradecida. La mujer le contó que su señora había salido a las dos, con una carta en la mano, y le dijo que iba a correos y volvería para cambiarse de ropa. Desde entonces, no había sabido nada de ella.

—¿Para quién era la carta?

—Ay, señor, vi el nombre y la dirección: era para el príncipe Rénine.

Esperó hasta la media noche, pero fue inútil. Hortense no volvió a casa ni tampoco al día siguiente.

—Ni una palabra de esto —ordenó Rénine a la doncella—. Diga que la señora se ha ido al campo y que usted se reunirá con ella.

A Rénine no le cabía la menor duda. La fecha del 18 de octubre explicaba la desaparición de Hortense. Hortense era la séptima víctima de la mujer del hacha.

«El secuestro —pensó— es ocho días antes del hachazo. Así que, ahora mismo, tengo siete días completos por delante. Pongamos seis para evitar sorpresas. Hoy es sábado: el próximo viernes, a mediodía, Hortense tiene que estar libre y, para eso, tengo que saber dónde la esconde, como muy tarde, el jueves a las nueve de la noche».

Rénine escribió en un cartel con letras grandes: «jueves, nueve noche» y lo clavó en la chimenea de su despacho. Luego, el sábado a mediodía, el día siguiente al de la desaparición de Hortense, dio orden al servicio de que no lo molestara salvo a las horas de comer y del correo y se encerró en esa habitación.

Allí siguió cuatro días, casi sin moverse. Había pedido de inmediato que le llevaran todos los diarios importantes que se habían ocupado con detalle de los seis primeros crímenes. Después de leerlos y releerlos, cerró las persianas, corrió las cortinas y, a oscuras, con el pestillo echado, se tumbó en el sofá y se puso a pensar.

El martes por la noche, no había avanzado nada. El misterio seguía indescifrable. No había encontrado ni el menor hilo del que tirar y ni siquiera había atisbado algún motivo que le diera esperanzas.

A pesar de su inmensa capacidad de dominio de sí mismo y a pesar de una confianza sin límites en sus recursos, a veces, temblaba de angustia. ¿Llegaría a tiempo? No había ninguna razón que le permitiera pensar que en los últimos días vería más clara la situación que en los días anteriores. Y eso significaba la muerte inevitable de Hortense.

La idea lo torturaba. Un sentimiento mucho más intenso y profundo de lo que aparentaba su relación lo unía a Hortense. La curiosidad del principio, la obligación de proteger a esa mujer joven, de entretenerla y de devolverle el gusto por la vida se habían convertido sencillamente en amor. Ninguno de los dos se daba cuenta, porque casi siempre se veían en momentos de crisis, cuando se preocupaban más de las historias de los demás que de la suya propia. Pero, a la primera situación de peligro, Rénine se dio cuenta del lugar que Hortense ocupaba en su vida y le desesperaba saber que estaba presa, torturada, y sentir la impotencia de no poder salvarla.

Pasó la noche agitado y nervioso, sin parar de dar vueltas y más vueltas al caso. La mañana del miércoles fue igual de espantosa. Perdía el dominio de la situación. Acabó con el encierro: había abierto las ventanas y recorría su apartamento de lado a lado, salía al bulevar y volvía a entrar, como si huyera de la idea que lo obsesionaba: «Hortense está sufriendo, su situación es desesperada... Ve el hacha... Me llama... Me suplica... Y yo no puedo hacer nada».

Fue a las cinco de la tarde, mientras examinaba la lista de los seis nombres, cuando sintió esa sacudida interior, que es como el presagio de la verdad que buscas. Algo se iluminó en su mente. Desde luego, no veía con claridad todos los puntos, pero le bastaba para saber hacia dónde había que dirigirse.

Inmediatamente elaboró un plan de acción. Pidió a Clément, su chófer, que llevara una nota a los periódicos más importantes para que la publicaran con letras grandes en la sección de anuncios del día siguiente, y le hizo otro encargo: que fuera a la lavandería de Courbevoie, donde trabajó la señorita Covereau, la segunda víctima.

El jueves por la mañana, Rénine no salió de casa. Durante la sobremesa, recibió varias cartas en respuesta a su anuncio. Luego, llegaron dos telegramas. Pero no pareció que las cartas ni los telegramas cumplieran sus expectativas. Por fin, a las tres, recibió, con matasellos de Trocadero, un sobre que sí pareció satisfacerle. Le dio vueltas y más vueltas, analizó la letra, echó un vistazo a los periódicos y dijo en voz baja: «Creo que puedo seguir por esta línea».

Consultó un anuario de París y apuntó este nombre y dirección: «Señor de Lourtier-Vaneau, antiguo gobernador de colonias, avenida de Kléber 47 bis». Y corrió al coche.

—Clément, a la avenida de Kléber, 47 bis.

Cuando llegó, le pasaron a un despacho muy grande con una magnífica biblioteca llena de libros antiguos encuadernados delicadamente. El señor de Lourtier-Vaneau era un hombre aún joven, con barba canosa, una actitud amable, una elegancia natural y una seriedad cordial, que ofrecían confianza y simpatía.

—Gobernador —le dijo Rénine—, vengo a hablar con usted, porque he leído en los periódicos que, el año pasado, conoció a una de las víctimas de la mujer del hacha, Honorine Vernisset.

—¡Sí, la conocimos! —exclamó el señor de Lourtier—. Trabajaba de costurera por horas, para mi mujer. ¡Pobre chica!

—Gobernador, una amiga mía acaba de desaparecer, igual que desaparecieron las otras seis víctimas.

—¡Cómo! —dijo Lourtier, sobresaltado—. He seguido atentamente el caso en los periódicos y el 18 de octubre no pasó nada.

—Sí, el 18 de octubre secuestraron a la señora Daniel, la mujer que amo.

—¡Hoy es 24!

—Exactamente, y pasado mañana se cometerá el crimen.

—Eso es horrible. Hay que impedirlo a toda costa...

—Gobernador, pudiera ser que, con su ayuda, yo lo consiga.

—Pero ¿lo ha denunciado?

—No. Sería inútil intentar resolver este caso de la manera habitual, analizando el lugar de los hechos, investigando las huellas, etcétera. Estos procedimientos no arrojaron luz en los casos anteriores, así que sería perder el tiempo utilizarlos en uno parecido, porque, por explicarlo de algún modo, nos enfrentamos a un misterio absoluto, sólido, sin un resquicio por el que ni la mirada más penetrante puede colarse. Un enemigo con tanta habilidad y sutileza no deja detrás ninguno de esos rastros burdos en los que los detectives profesionales centran todos los esfuerzos.

—Entonces, ¿qué va usted a hacer?

—Antes de actuar, he pasado cuatro días pensando.

El señor de Lourtier-Vaneau observó a su interlocutor y, con cierta ironía, le preguntó:

—¿Y cuál ha sido el resultado de su reflexión?

—Para empezar —respondió Rénine sin darse por aludido—, me he formado una visión de conjunto de todos los casos, algo que hasta ahora nadie había hecho, lo que me ha permitido descubrir el sentido general, apartar la maraña de hipótesis que estorban y, dado que no hay acuerdo sobre el móvil de los crímenes, poder atribuirlo a la única categoría de individuos capaz de ejecutarlos.

—¿Y cuál es?

—La categoría de los locos, gobernador.

El señor de Lourtier se sobresaltó.

—¿Locos? ¡Cómo se le ocurre!

—Gobernador, la mujer del hacha está loca.

—¡En ese caso estaría encerrada!

—¿Y sabemos si lo está? ¿Sabemos si esa mujer no se incluye dentro de esa categoría de semidementes, aparentemente inofensivos, con tan poca vigilancia que gozan de total libertad para entregarse a sus pequeñas manías y sus pequeños instintos de animal feroz? No hay nada más falso que esos individuos. Son los seres más traicioneros, más pacientes, más tenaces, más peligrosos, más absurdos y más lógicos a la vez, más desordenados y más metódicos. Todos estos calificativos, gobernador, pueden aplicarse a la obra de la mujer del hacha. La obsesión por una idea y la repetición de un hecho son las características del loco. Aún no sé qué idea obsesiona a la mujer del hacha, pero conozco el hecho que se deriva de esa idea. Ata a las víctimas con cuerdas idénticas. Las mata a intervalos regulares de días. Les da el mismo golpe, con la misma herramienta y en el mismo sitio: en mitad de la frente, con un corte exactamente perpendicular. Un asesino cualquiera varía: le tiembla la mano, se desvía y se equivoca. La mujer del hacha no tiembla. Parece que ha tomado medidas y el filo de su arma no se desvía de una línea. ¿Necesito presentarle más pruebas y examinar con usted todos los hechos? No, ¿verdad? Ahora conoce la clave del misterio, y usted piensa igual que yo, que solo un loco puede actuar así, estúpida, salvaje y mecánicamente, como un reloj que suena o una cuchilla que cae...

El señor de Lourtier-Vaneau asintió.

—Es cierto..., es cierto..., todo el caso puede verse desde ese ángulo..., y empiezo a creer que hay que verlo así. Pero, aunque admitamos una especie de lógica matemática en esa loca, no comprendo la relación entre las víctimas. Golpea al azar. ¿Por qué precisamente esta mujer y no otra?

—¡Ay, gobernador! —exclamó Rénine—. ¡Me hace usted la pregunta que yo me planteé desde el primer momento, la pregunta que resume todo el problema y que tanto me costó responder! ¿Por qué Hortense Daniel y no otra mujer? Entre dos millones de mujeres, ¿por qué Hortense?, ¿por qué la joven Vernisset?, ¿por qué la señorita Williamson? Si el caso es como yo lo imagino en conjunto, es decir, que se basa en la lógica ciega y excéntrica de una loca, inevitablemente hay un criterio. ¿Y cuál es el criterio? ¿Qué cualidad o defecto o signo distintivo necesita ver en sus víctimas la mujer del hacha? Resumiendo, si elige a sus víctimas, y es imposible que no lo haga, ¿qué rige su elección?

—¿Lo ha descubierto?

Rénine hizo una pausa y continuó:

—Sí, gobernador, sí, lo he descubierto, y podría haberlo hecho desde el principio, porque solo hacía falta examinar con atención la lista de las víctimas. Pero los destellos de lucidez únicamente aparecen cuando la mente está sobrecargada por el esfuerzo y la reflexión. Miré la lista veinte veces hasta que ese pequeño detalle tomó forma delante de mis ojos.

—No entiendo.

—Gobernador, primero una observación: si varias personas forman parte de un caso, crimen, escándalo público o lo que fuera, siempre se las nombra más o menos de la misma manera. En esta ocasión, los periódicos solo utilizaron los apellidos de la señora Ladoue, de la señorita Ardent y de la señorita Covereau. En cambio, a las señoritas Vernisset y Williamson también las llamaban por sus nombres de pila: Honorine y Herbette. Si lo hubieran hecho así con las seis víctimas, se habría acabado el misterio.

—¿Por qué?

—Porque habríamos sabido desde el principio la relación entre las seis víctimas desafortunadas, como lo supe yo, repentinamente, comparando esos dos nombres con el de Hortense Daniel. Ahora me entiende, ¿no es así? Usted tiene delante, igual que yo, los tres nombres...

El señor de Lourtier pareció confuso, palideció y le dijo a Rénine:

—No sé qué quiere decir. ¿Qué está diciendo?

—Pues digo —continuó Rénine con una voz nítida, pronunciando cada sílaba una a una— que tiene delante los tres nombres de pila, que los tres empiezan por la misma inicial y que, como usted puede comprobar, los tres tienen el mismo número de letras, ¡vaya coincidencia! Si, además, pregunta en la lavandería de Courbevoie, donde trabajaba la señorita Covereau, sabrá que se llamaba Hilairie. Otra vez la misma inicial y el mismo número de letras. No hace falta investigar más. Ya estamos seguros de que los nombres de todas las víctimas tienen las mismas características, ¿no es así? Y ese dato nos resuelve, sin margen de duda, el problema que habíamos planteado. El criterio de la loca queda claro. Sabemos la relación que había entre las desgraciadas. No cabe error posible. Es así y nada más. ¡Y qué mejor confirmación de mi hipótesis que este criterio de elección! ¡Qué mejor prueba de locura! ¿Por qué mata a estas mujeres y no a otras? ¡Porque sus nombres empiezan por «H» y tienen ocho letras! ¿Me oye bien, gobernador? Tienen ocho letras. La letra inicial es la octava letra del abecedario y en francés ocho empieza por «H». Siempre la «H». *Y el arma asesina es un hacha.* ¿Ahora me dirá que la mujer del hacha no está loca? —Rénine guardó silencio y se acercó al señor de Lourtier-Vaneau—. Gobernador, ¿qué le pasa? ¿Parece indispuesto?

—No, no —respondió, con gotas de sudor en la frente—. No, ¡pero toda esta historia es muy desconcertante! Piense que traté a una de las víctimas... Y eso... —Rénine fue a buscar una jarra y un vaso que había en una mesita, llenó el vaso de agua y se lo dio al señor de Lourtier. Bebió unos sorbos, se enderezó y siguió hablando con una voz que intentaba que sonara firme—: De acuerdo, admitamos esa posibilidad. Aún falta que nos lleve a resultados tangibles. ¿Qué ha hecho usted?

—Esta mañana he publicado en todos los periódicos este anuncio: «Excelente cocinera busca trabajo. Escriban antes de las cinco a Herminie, bulevar Haussmann...». Gobernador, ¿me sigue? Hay muy pocos nombres de ocho letras que empiecen por «H» y todos son algo antiguos: Herminie, Hilairie, Herbette... Ahora bien, por motivos que desconozco, esos nombres son indispensables para la loca. No puede dejarlos pasar. Para encontrar mujeres con esos nombres, y solo por eso, recupera lo que le queda de cordura, juicio, capacidad de reflexión e inteligencia. Busca, pregunta. Está al acecho. Lee los periódicos, que casi no entiende, pero sus ojos se detienen en algunos detalles, en algunas mayúsculas. Por eso, no dudé ni un segundo de que ese nombre, «Herminie», impreso en letras grandes, le llamaría la atención ni de que caería en la trampa del anuncio.

—¿Le ha escrito? —preguntó el señor de Lourtier, ansioso.

—Varias señoras han escrito las cartas habituales en estos casos para ofrecerle trabajo a la tal Herminie —siguió Rénine—. Pero he recibido un correo neumático que me ha parecido bastante curioso.

—¿De quién?

—Léalo usted mismo, gobernador.

El señor de Lourtier-Vaneau arrancó el papel de las manos de Rénine y echó un vistazo a la firma. En un primer momento, hizo un gesto de sorpresa, como si hubiera esperado otra cosa. Luego, soltó una carcajada como de alegría y alivio.

—Gobernador, ¿de qué se ríe? Parece contento.

—Contento, no. Pero la carta la firma mi mujer.

—¿Y temía que estuviera firmada por otra persona?

—Bueno, no, pero si es mi mujer... —sin terminar la frase le dijo a Rénine—: Señor, perdone, pero me ha dicho que ha recibido varias respuestas. Y de todas, ¿por qué pensó que precisamente esta le daría alguna pista?

—Porque la firma la señora de Lourtier-Vaneau y una de las víctimas, Honorine Vernisset, hacía trabajos de costura para esta señora.

—¿Y quién se lo había dicho?

—Los periódicos de esos días.

—¿Y lo decidió sin más motivos?

—Sí, sin ningún otro motivo. Pero, gobernador, desde que estoy aquí, tengo la sensación de que no me equivoqué de camino.

—¿Por qué?

—No lo sé muy bien... Algunos gestos, algunos detalles... ¿Podría ver a su mujer?

—Yo mismo iba a proponérselo —respondió Lourtier—. Haga el favor de seguirme...

Fueron por un pasillo hasta un saloncito, donde una mujer rubia, guapa y con expresión de felicidad estaba sentada entre tres niños, a los que ayudaba a hacer los deberes. La mujer se levantó, el señor de Lourtier la presentó a Rénine y dijo a su mujer:

—Suzanne, ¿has enviado tú este correo neumático?

—¿Para la señorita Herminie, del bulevar Haussmann? —preguntó—. Sí. Ya sabes que la doncella se despide y estoy buscando a alguien para sustituirla.

Rénine la interrumpió:

—Perdone, señora, solo una pregunta. ¿Cómo le ha llegado la información de esa mujer?

La mujer se sonrojó, pero su marido insistió:

—Responde, Suzanne, ¿quién te ha dado la dirección?

—Me llamaron por teléfono.

—¿Quién?

Titubeó un instante y luego dijo:

—Tu antigua niñera...

—¿Félicienne?

—Sí.

El señor de Lourtier cortó en seco la conversación, no permitió más preguntas a Rénine y volvió a llevarlo al despacho.

—Lo ve, señor, todo lo de este correo es normal. Félicienne es mi antigua niñera, le paso una pensión y vive por los alrededores de París. Seguro que leyó el anuncio y avisó a mi mujer. Porque —añadió, esforzándose por bromear— ¿supongo que no sospechará que mi esposa es la mujer del hacha?

—No.

—Entonces, asunto concluido, al menos por mi parte, he hecho lo que he podido, he seguido sus argumentos y lamento con toda mi alma no poder ayudarlo.

Tenía prisa por despedir a esa visita indiscreta, hizo un gesto señalando la puerta, pero le dio como un mareo, bebió otro vaso de agua y volvió a sentarse. Tenía la cara descompuesta.

Rénine lo miró un instante, como se mira a un enemigo desfallecido, al que ya no hay necesidad de rematar, se sentó a su lado y le sujetó con fuerza el brazo.

—Gobernador, si no habla, Hortense Daniel será la séptima víctima.

—¡No tengo nada que decir! ¿Qué voy a saber yo?

—La verdad. La ha descubierto con mis explicaciones. Su angustia y su espanto son pruebas definitivas. Yo vine buscando su colaboración. Pero, por una suerte inesperada, he encontrado un guía. No perdamos tiempo.

—Pero, si supiera algo, ¿por qué no iba a decirlo?

—Por miedo al escándalo. Estoy completamente convencido de que hay algo en su vida que le obliga a esconder la verdad. Una verdad que vio repentinamente en esta situación aberrante y que si se supiera sería para usted un deshonor y una vergüenza... Así que retrocede ante su deber. —El señor de Lourtier no respondió. Rénine se inclinó sobre él mirándole fijamente a los ojos y susurró—: No habrá escándalo. Seré el único en el mundo que sepa lo que pasa. Tengo tanto interés como usted en no llamar la atención, porque amo a Hortense Daniel y no quiero que su nombre se vea mezclado en esta espantosa historia.

Se quedaron uno o dos minutos uno frente al otro. Rénine tenía una expresión dura. El señor de Lourtier era consciente de que Rénine no cedería hasta que él dijera lo necesario, pero no podía.

—Se equivoca. Cree haber visto cosas que no son.

Rénine tuvo la convicción repentina y aterradora de que si ese hombre se cerraba en banda estúpidamente y no decía nada sería el final de Hortense Daniel. Sintió tanta rabia al pensar que la clave del misterio estaba ahí, como un objeto al alcance de su mano, que agarró del cuello al señor de Lourtier y lo tiró al suelo.

—¡Ya basta de mentiras! ¡La vida de una mujer está en juego! ¡Hable y hágalo inmediatamente! De lo contrario...

El señor de Lourtier se había quedado sin fuerzas. Le resultaba imposible resistirse. No es que le asustara la agresión de Rénine y cediera ante ese acto de violencia, sino que sintió que lo aplastaba la voluntad indomable de Rénine, que ningún obstáculo parecía frenar, así que balbuceó:

—Tiene razón. Mi deber es decirlo todo, sin importar lo que pueda ocurrir.

—No ocurrirá nada, yo me comprometo a eso si usted salva a Hortense Daniel. Un instante de duda puede echar todo a perder. Hable sin detenerse en detalles, solo hechos.

Entonces, el señor de Lourtier, con los codos apoyados en la mesa del despacho y las manos en la frente, contó la historia en un tono confidencial y de la manera más breve posible:

—La señora de Lourtier no es mi mujer. Legalmente mi esposa es la mujer con la que me casé cuando era un funcionario joven de las colonias. Ella era una persona bastante extraña, inestable mentalmente, y la dominaban unas manías e impulsos insólitos. Tuvimos dos hijos, unos gemelos a los que adoraba y, seguramente, gracias a ellos habría encontrado equilibrio y salud mental, pero se produjo un estúpido accidente, un coche de caballos los arrolló delante de ella. La pobre desgraciada enloqueció, con una locura silenciosa y discreta como la que usted ha descrito. Poco tiempo después, me destinaron a una ciudad argelina, la traje a Francia y la dejé al cuidado de la decente persona que me crio. Dos años más tarde, conocí a la alegría de mi vida. La ha visto hace un instante. La madre de mis hijos y la que todo el mundo cree mi mujer. ¿Voy a sacrificarla? Nuestra vida va a sumirse en el horror. ¿Y es necesario que nuestro nombre se relacione con este drama de locura y sangre?

Rénine se quedó pensativo unos segundos y preguntó:

—¿Cómo se llama la otra mujer?

—Hermance.

—Hermance... Las mismas iniciales y las mismas ocho letras...

—Por eso me di cuenta hace un rato —dijo el señor de Lourtier—. Cuando usted comparó los nombres, pensé de inmediato en esa pobre desgraciada, porque se llama Hermance y está loca, y todas las evidencias me vinieron a la cabeza.

—Bueno, ahora entendemos su criterio para elegir a las víctimas, pero, ¿cómo se explica el asesinato? ¿Cuál es su locura? ¿Sufre?

—Ahora no demasiado. Pero ha sufrido espantosamente: desde que vio cómo el coche arrolló a sus dos hijos, no pudo quitarse de la cabeza la horrible imagen de esas dos muertes que presenció, ni de día ni de noche, no descansaba ni un minuto, porque no dormía ni un minuto. ¡Imagine el suplicio! ¡Pasaba todas las horas de unos días eternos y de unas noches interminables viendo morir a sus hijos!

—¿Y mata para quitarse esa imagen de la cabeza? —protestó Rénine.

—Probablemente, sí —dijo despacio el señor de Lourtier pensativo—, para que el sueño la borre.

—No lo entiendo.

—No lo entiende porque estamos hablando de una persona loca y todo lo que pasa por esa mente trastornada es necesariamente incoherente y anómalo.

—Por supuesto..., pero, aun así, ¿hay algún hecho que justifique su conjetura?

—Sí... Unos hechos que, por decirlo de algún modo, no supe distinguir y ahora adquieren toda su dimensión. El primero ocurrió hace unos años, cuando, una mañana, mi antigua niñera encontró a Hermance dormida por primera vez. Tenía las manos crispadas en el cuello de un perrito que había estrangulado. Desde entonces, se repitió tres veces la misma escena.

—¿Y Hermance dormía?

—Sí, y cada vez dormía varias noches.

—¿Y qué conclusión sacó?

—Que la relajación nerviosa que le provocaba el asesinato la agotaba y la predisponía a dormir.

A Rénine le recorrió un escalofrío.

—¡Eso es! Ya no hay duda. El asesinato, el esfuerzo del asesinato la hace dormir. Lo que consiguió con animales lo repitió con mujeres. Toda su locura se centra en este punto: ¡mata para apoderarse del sueño de las víctimas! ¡Como le falta sueño, roba el de los demás! Eso es lo que ocurre, ¿no le parece? ¿Duerme desde hace dos años?

—Sí, hace dos años que duerme —balbuceó Lourtier.

Rénine le sujetó de los hombros.

—¿Y no se le ocurrió pensar que su locura podría ir a más y que nada la detendría para conseguir un sueño reparador? Señor, vamos, rápido, ¡todo esto es horrible!

Cuando ya iban hacia la puerta, sonó el teléfono y el señor de Lourtier titubeó.

—Es de allí —dijo.

—¿De allí?

—Sí, mi antigua niñera me llama todos los días a la misma hora para informarme.

Lourtier descolgó el teléfono y le dio uno de los auriculares a Rénine, que iba susurrándole las preguntas que debía hacer.

—Félicienne, ¿eres tú? ¿Cómo se encuentra?

—Bastante bien, señor.

—¿Está durmiendo?

—Desde hace unos días, no mucho. Anoche no pegó ojo. Y también la veo hundida.

—Ahora, ¿qué hace?

—Está en su habitación.

—Félicienne, ve allí y no te separes de ella.

—No puedo, se ha encerrado.

—Félicienne, tienes que hacerlo. Tira la puerta. Yo voy... ¡Oiga, oiga...! ¡Dios mío, han cortado la llamada!

Los dos salieron corriendo hasta la avenida, sin decir nada. Rénine metió a Lourtier en el coche.

—¿La dirección?

—Ville-d'Avray.

—Pues claro, en el centro de su zona de acción, como una araña en medio de su tela. ¡Qué horror! —Rénine estaba consternado. Por fin veía la monstruosa realidad de la historia—. Sí, las mata para apoderarse de su sueño, como hizo con los animales. La misma idea obsesiva, pero agravada con una serie de prácticas y supersticiones completamente incomprensibles.

Es evidente que considera fundamental el parecido de los nombres con el suyo y que solo descansará si su víctima se llama Hortense u Honorine. El razonamiento de una loca, cuya lógica se nos escapa y desconocemos su origen, pero ella no puede evitarlo. ¡Tiene que buscar una víctima y encontrarla! Y la encuentra, se lleva su presa, la vigila y observa durante unos días fatídicos, hasta que, estúpidamente, absorbe el sueño que la embriaga a través del hueco que abre con el hacha en mitad de la cabeza, y eso le permite olvidar durante un periodo determinado. ¡Otra vez el absurdo y la locura! ¿Por qué establece un periodo de x días? ¿Por qué una víctima le proporciona 120 días de sueño y otra 125? ¡La demencia! ¡Un cálculo misterioso y desde luego imbécil! El caso es que sacrifica una víctima a los 120 o 125 días; ya hay seis y la séptima espera su turno. Señor de Lourtier, ¡usted tiene gran parte de culpa! ¡Debería haber vigilado de cerca a un monstruo como esa mujer!

El señor de Lourtier-Vaneau no protestó. Estaba abatido, pálido, y le temblaban las manos por los remordimientos y la desesperación.

—¡Me engañó...! —murmuró—. ¡Parecía tan tranquila y tan dócil! Y, después de todo, vive en un hospital psiquiátrico privado.

—Entonces, ¿cómo es posible...?

—Este hospital tiene varios pabellones desperdigados por el jardín, que es enorme —explicó—. Hermance vive en uno que está completamente apartado. Félicienne ocupa la primera habitación, luego está la de Hermance y hay otras dos separadas; las ventanas de la última dan al campo. Supongo que encierra a las víctimas en esa.

—¿Y el coche de caballos para transportar los cadáveres...?

—Los establos del hospital están muy cerca del pabellón de Hermance. Y hay un caballo y un carruaje para hacer las compras. Probablemente, Hermance se levanta por la noche, engancha el caballo y saca a la muerta por la ventana.

—¿Y esa antigua niñera suya que la cuida?

—Félicienne está un poco sorda, es muy mayor.

—Pero por el día ve trajinar a su señora. ¿No tendríamos que considerar cierta complicidad?

—¡Eso nunca! Hermance es muy astuta, también la ha engañado a ella.

—Pues llamó bien pronto a su mujer por el anuncio...

—Algo completamente normal. Hermance a veces charla, razona, lee los periódicos que, como usted decía, no entiende, pero los revisa con mucha atención. Habrá visto el anuncio y, como habría oído que yo buscaba una doncella, le habrá pedido a Félicienne que llamara.

—Sí, sí, es lo que había pensado —dijo despacio Rénine—. Está preparándose la nueva víctima... Mata a Hortense y, cuando agote el sueño de su muerte, ya sabrá dónde encontrar a la octava víctima... Pero, ¿cómo atrae a esas pobres mujeres? ¿Qué hizo para atraer a Hortense Daniel? —El coche iba volando, pero a Rénine no le parecía lo bastante rápido—. Acelera, Clément..., amigo, vamos a cámara lenta —le recriminó al chófer.

Le torturaba la idea de llegar demasiado tarde. La lógica de los locos depende de un cambio de humor o de cualquier idea peligrosa y sangrienta que se les ocurra. La loca podía equivocarse de día y adelantar el desenlace, como un reloj estropeado que toca una hora antes. Además, tenía otra vez el sueño alterado, ¿le tentaría actuar sin esperar al momento adecuado? ¿Estaría encerrada en su habitación por eso? ¡Dios mío, qué horas de angustia debía de estar sufriendo la víctima! ¡Qué miedo al ver cualquier gesto del verdugo!

—Clément, ¡más rápido o me pongo al volante! ¡Maldita sea, más rápido!

Por fin llegaron a Ville-d'Avray. A la derecha, una carretera con mucha pendiente se detenía en una verja muy larga...

—Clément, rodea la finca, ¿lo hacemos así, gobernador? Tenemos que pasar inadvertidos. ¿Dónde está el pabellón?

—Exactamente en el lado contrario —respondió el señor de Lourtier.

Bajaron del coche un poco más lejos. Rénine echó a correr por el talud de un camino hueco y mal cuidado. Casi era de noche. Entonces, Lourtier señaló:

—Ahí, el edificio apartado... Mire, la ventana, la de la planta baja. Es la de una de las dos habitaciones separadas... Está claro que sale por ahí.

—Pero parece que tiene barrotes —observó Rénine.

—Sí, por eso nadie la vigila, pero ha tenido que abrirse un paso.

La planta baja estaba sobre un sótano bastante alto. Rénine trepó rápidamente y subió a un reborde de piedra. Efectivamente, faltaba un barrote.

Pegó la cara al cristal y miró. La habitación estaba a oscuras, pero pudo ver, en un rincón, a una mujer sentada; a su lado había otra tumbada en un colchón. La que estaba sentada, tenía las manos en la frente y observaba a la del cochón.

—Es ella —susurró Lourtier, que también había subido al reborde—. La otra mujer está atada.

Rénine sacó del bolsillo un diamante de vidriero y cortó uno de los cristales, sin hacer ningún ruido que pudiera alertar a la loca. Luego, empuñando la pistola con la mano izquierda, metió la derecha por el agujero, sujetó la falleba y la giró despacio.

—¡Por favor, no dispare! —le suplicó el señor de Lourtier.

—Si es necesario, lo haré.

Abrió muy despacio la ventana. Pero Rénine no se dio cuenta de que había una silla, la empujó y cayó al suelo. Saltó a la habitación y tiró la pistola para agarrar a la loca. Pero ella no lo esperó. Rápidamente abrió la puerta y huyó soltando un grito ronco. Lourtier quiso perseguirla.

—¿Para qué? —le espetó Rénine—. Lo primero es salvar a la víctima.

Inmediatamente se tranquilizó. Hortense estaba viva.

Empezó cuidadosamente a cortarle las cuerdas y quitarle la mordaza que la ahogaba. La antigua niñera, que había oído ruidos, apareció con una vela; Rénine se la arrancó y alumbró a Hortense.

Se quedó paralizado. Hortense Daniel, lívida, extenuada, con la cara demacrada y los ojos brillantes de fiebre, intentaba sonreír.

—Lo esperaba —susurró—. No he perdido la esperanza ni un segundo... Confiaba en usted...

Buscaron a la loca por los alrededores del pabellón durante más de una hora sin resultado, hasta que la encontraron encerrada en un armario enorme del desván. Se había ahorcado.

Hortense no quiso quedarse allí ni un minuto más. Y era mejor que el pabellón estuviera vacío cuando la antigua niñera avisara del suicidio de la loca. Rénine explicó a Félicienne con mucho detalle todo lo que tenía que decir y luego, con la ayuda del chófer y del señor de Lourtier, llevó a Hortense al coche y la condujo a su casa.

La convalecencia de Hortense fue muy rápida; tanto que, ya dos días después, Rénine le preguntó con mucha delicadeza cómo había conocido a la loca.

—Pues muy fácil —respondió—. Mi marido, que como le conté tiene cierta inestabilidad mental, está ingresado en Ville-d'Avray, y le confieso que voy a verlo de vez en cuando sin que nadie se entere. Así conocí a esa pobre loca; el otro día, me hizo señas para que me acercara. Estábamos solas. Entré en el pabellón, se lanzó sobre mí y me inmovilizó sin darme tiempo siquiera a pedir ayuda. Creí que era una broma... y, de hecho, eso fue, ¿verdad? La broma de una demente. Me trató con amabilidad, aunque casi me mata de hambre.

—¿Y no pasó miedo?

—¿Miedo a morir de hambre? No, además, de vez en cuando me daba algo de comer, a su antojo. ¡Y yo confiaba plenamente en usted!

—Sí, ¿y no vio nada más, ninguna otra amenaza?

—¿Qué amenaza? —respondió ingenuamente.

Rénine se estremeció. De repente, se dio cuenta de que Hortense no sospechó ni por un instante, y aún seguía sin sospechar, el terrible peligro que había corrido, algo que a primera vista puede parecer raro, pero es muy normal. No relacionó en ningún caso su secuestro con los crímenes de la mujer del hacha.

Rénine pensó que ya habría tiempo para sacarla de su error. Por lo demás, Hortense, siguiendo las instrucciones de su médico, que le había recomendado descanso y tranquilidad, se fue, unos cuantos días después, a casa de unos parientes, que vivían por los alrededores de Bassicourt, en el centro de Francia.

VII

UNAS PISADAS EN LA NIEVE

La Roncière, Bassicourt
14 de noviembre
Príncipe Rénine
Bulevar Haussmann
París

Mi querido amigo:

Tiene que pensar que soy una ingrata. Llevo aquí tres semanas y no le he escrito ni una carta ni unas palabras de agradecimiento. Aunque, al final, me di cuenta de que usted me salvó de una muerte espantosa y comprendí lo que ocultaba aquella horrible historia. Pero ¿qué puedo decirle? Cuando terminó todo, yo estaba completamente abatida. Necesitaba mucho descanso y tranquilidad. ¿Qué iba a hacer? ¿Quedarme en París? ¿Seguir con nuestros viajes? No, definitivamente, no. ¡Ya basta de aventuras! Las ajenas son muy interesantes, pero cuando te conviertes en víctima y ves que estás a punto de morir... ¡Querido amigo, qué horror! ¡Nunca lo olvidaré!

Aquí, en La Roncière, reina una paz absoluta. Mi anciana prima Ermelin me cuida y me mima como si estuviera enferma. He recuperado el color y todo va bien. Todo va tan bien que ni se me ocurre preocuparme por asuntos ajenos, pero nada en absoluto. Aunque... (le cuento lo siguiente porque usted es incorregible, curioso como una portera, y siempre está dispuesto a meterse en lo que no le incumbe), figúrese usted que ayer vi algo muy curioso. Antoinette me había llevado al hostal de Bassicourt; estábamos tomando el té en el comedor principal, rodeadas de campesinos —era día de mercado—, cuando entraron tres personas, dos hombres y una mujer, y todas las conversaciones se cortaron en seco.

Uno de los hombres era un granjero robusto, de cara rubicunda y alegre, con patillas blancas y ropa de trabajo. El otro, más joven, vestía de terciopelo grueso y tenía una cara avejentada, desabrida y arisca. Los dos llevaban una escopeta de caza en bandolera. Con ellos iba una mujer joven, delgada, bajita, con un manto marrón y un gorro de piel; tenía una cara un poco afilada, excesivamente pálida, pero tan exquisita y delicada que llamaba la atención.

—El padre, el hijo y la nuera —susurró mi prima Ermelin.

—¿Cómo? ¿La encantadora criatura es la mujer de ese pueblerino?

—Y la nuera del barón de Gorne.

—¿El viejo paleto es barón?

—Desciende de una familia de la alta nobleza que antiguamente vivía en el castillo. Siempre se ha comportado como un campesino: gran cazador, gran bebedor y gran bromista, se mete en líos continuamente y está más o menos arruinado. El hijo, Mathias, más ambicioso y con menos apego a la tierra, estudió Derecho y luego se embarcó rumbo a América, pero tuvo que volver al pueblo por escasez de dinero. Y, no se sabe muy bien por qué, esa pobre desgraciada aceptó casarse con él, y así lleva cinco años, como recluida o, mejor dicho, como prisionera en una casa solariega pequeña, que está muy cerca de aquí, el Manoir-au-Puits.

—¿Con el padre y el hijo?

—No, el padre vive al final del pueblo, en una granja aislada.

—¿Y el tal Mathias es celoso?

—Celoso rabioso.

—¿Con razón?

—Sin ninguna razón. Natalie de Gorne es la mujer más honrada del mundo y ella no tiene ninguna culpa de que un apuesto caballero lleve meses rondando alrededor del Manoir. Pero eso enfurece a los de Gorne.

—¡Cómo! ¿También al padre?

—El apuesto caballero es el último descendiente de la familia que hace unos años compró el castillo. Por eso, el viejo de Gorne lo odia. Jérôme Vignal es un chico estupendo y muy rico, yo lo conozco y le tengo mucho cariño, pero el viejo, cuando está borracho, dice que Vignal ha jurado secuestrar a Natalie de Gorne. De hecho, escucha…

El viejo estaba con un grupo de gente que se divertía haciéndole beber y lo acosaba a preguntas, y él, ya entonado, gritaba indignado, pero con una sonrisa burlona que contrastaba de una manera realmente cómica:

—¡Yo les digo a ustedes que ese presuntuoso está perdiendo el tiempo! Por mucho que haya echado el ojo a la pequeña y merodee a nuestro alrededor..., ¡es coto privado! Si se acerca demasiado, un tiro de escopeta, ¿verdad, Mathias? —Agarró la mano de su nuera—. Además, la pequeña también sabe defenderse —dijo riendo burlonamente—. ¿A que sí? Natalie, ¿a que tú desprecias a los pretendientes?

La chica, muy avergonzada por ver cómo se dirigía a ella, se sonrojó y el marido farfulló:

—Padre, mejor sería que se mordiera la lengua. Hay cosas que no se dicen en voz alta.

—Lo que atañe al honor se arregla en público —respondió el viejo—. Para mí, el honor de los de Gorne es lo primero de todo y no será ese dandi con aires parisienses...

Se calló en seco. Había entrado un hombre que esperaba frente a él a que terminara la frase. Era un muchacho alto, fuerte, con traje de montar y la fusta en la mano, tenía una fisonomía enérgica, algo dura, con unos preciosos ojos que sonreían con ironía.

—Jérôme Vignal —me susurró mi prima.

El muchacho no parecía incómodo. Al ver a Natalie, la saludó con una profunda inclinación; y, cuando Mathias de Gorne dio un paso adelante en su dirección, lo miró como queriendo decir: «Bien, ¿qué pasa?».

Su actitud fue tan insolente que los de Gorne empuñaron la escopeta con las dos manos, como cazadores al acecho. El hijo tenía una mirada feroz.

Jérôme se quedó impasible frente a la amenaza. Y unos segundos después se dirigió al hostelero:

—Vaya, yo había venido para ver al señor Vasseur, pero tiene la tienda cerrada. ¿Le importaría darle la funda de mi revólver que está descosida? Se lo agradecería. —Le dio la funda al hostelero y añadió riendo—: Me quedo con el revólver por si lo necesito. Nunca se sabe.

Luego, igual de impasible, sacó un cigarrillo de una pitillera de plata, lo encendió con un mechero y se fue. Por la ventana lo vieron saltar a su caballo y alejarse al trote.

—¡Maldita sea! —juró el viejo de Gorne, bebiendo de un trago una copa de coñac.

Su hijo le tapó la boca con la mano y lo obligó a sentarse. A su lado, Natalie de Gorne estaba llorando...

Querido amigo, esta es la historia. Como ve, no es muy emocionante y no merece la pena que malgaste su tiempo con esto. Aquí no hay misterio y usted no tiene nada que resolver. Insisto especialmente en que no utilice este asunto como una excusa para intervenir, porque sería muy inoportuno. Por supuesto, me encantaría que esa pobre mujer estuviera protegida, parece una auténtica mártir. Pero, repito, dejémosles que se las arreglen por su cuenta y nosotros quedémonos con nuestras pequeñas experiencias.

Rénine acabó de leer la carta, la releyó y llegó a una conclusión: «Bueno, todo en orden. No queremos continuar con nuestras pequeñas experiencias porque vamos por la séptima y nos da miedo la octava, que, por nuestro pacto, significa algo muy especial. No queremos..., pero queremos..., sin que parezca que queremos».

Se frotó las manos. Esa carta era la valiosísima prueba de la influencia que, poco a poco, despacio y pacientemente, Rénine había conseguido ejercer sobre Hortense. Era un sentimiento bastante complejo donde cabía admiración, una confianza sin límites y, a veces, preocupación, miedo, incluso casi terror, pero también amor, y él estaba convencido de eso. Hortense era una compañera de aventuras, en las que participaba con una camaradería que excluía cualquier tipo de situación incómoda entre ellos, pero ahora, de repente, sentía miedo. Una especie de mezcla entre el pudor y la coquetería la empujaba a disimular.

Esa misma noche, que era domingo, Rénine subió al tren.

Al amanecer, después de haber recorrido en diligencia, por un camino completamente blanco de nieve, las dos leguas que separan Pompignat, donde le había dejado el tren, de Bassicourt, supo que su viaje no había sido en balde: durante la noche se habían oído tres disparos por el Manoir-au-Puits.

«El dios del amor y del azar me ayuda —pensó—. Si ha habido algún conflicto matrimonial, llego a tiempo».

Cuando Rénine entró en el comedor del hostal, un campesino estaba declarando ante el cabo:

—Tres disparos, cabo, los he oído tan claros como le veo a usted.

—Yo también —dijo el camarero del hostal—. Tres disparos... Fue sobre las doce de la noche. Llevaba nevando desde las nueve y ya había parado..., y los tiros retumbaron por la llanura inmediatamente... Pum, pum, pum.

Otros cinco campesinos declararon lo mismo. El cabo y sus hombres no habían oído nada. La comisaría estaba de espaldas a la llanura. Pero, de repente, llegaron un mozo de granja y una mujer; dijeron que trabajaban para Mathias de Gorne, que volvían al Manoir después del fin de semana libre, pero que no habían podido entrar.

—Señor policía, la puerta del cercado está cerrada —dijo el mozo— y es la primera vez que pasa. El señor Mathias la abre él mismo todas las mañanas alrededor de las seis, en invierno y verano. Son más de las ocho. Llamé, pero nadie respondió. Así que vinimos a hablar con ustedes.

—Podían haber preguntado al padre —protestó el cabo—. Vive de camino aquí.

—¡Pues sí, es verdad! Ni se nos ocurrió.

—Vamos para allá —decidió el cabo.

Lo acompañaron dos de sus hombres, los campesinos y un cerrajero que el cabo reclutó. Rénine se unió al grupo.

Enseguida, al final del pueblo, pasaron por delante del patio del viejo de Gorne; Rénine lo reconoció por la descripción de Hortense.

El hombre estaba enganchando el carro al caballo. Cuando le informaron de la situación, el viejo casi se muere de risa.

—¿Tres disparos? ¿Pum, pum, pum? Pero, cabo, si la escopeta de Mathias es de dos cartuchos.

—¿Y la puerta cerrada?

—El chaval estará durmiendo, no hay más misterio. Anoche vino a vaciar una botella conmigo, aunque a lo mejor fueron dos..., o tres..., y esta mañana se habrá quedado remoloneando con Natalie. —Se subió al asiento del coche, un viejo carromato con una lona completamente remendada, y restalló el látigo—. Adiós, amigos. Por tres disparos no voy a dejar de ir al mercado de Pompignat, hoy es lunes. Debajo de esta lona hay dos becerros que no pueden esperar al matadero. Buen día, compañeros.

Y se puso en camino.

Rénine se acercó al cabo y se presentó.

—Soy amigo de la señorita Ermelin, de la aldea de La Roncière. Es demasiado temprano para presentarme en su casa, así que le pido autorización para ir con ustedes dando un rodeo por el Manoir. La señorita Ermelin tiene relación con la señora de Gorne y me encantaría tranquilizarla, porque espero que no haya ocurrido nada en el Manoir, ¿no cree usted?

—Si ha pasado algo —respondió el cabo—, lo leeremos en la nieve como en un plano.

El cabo era un hombre joven, simpático, parecía inteligente y desenvuelto. Desde el principio, descubrió con mucha lucidez las pisadas que Mathias había dejado al volver a su casa la noche anterior, unas huellas que pronto se mezclaron con las que dejaron el mozo y la criada en los dos sentidos. Así llegaron delante del muro de una finca y el cerrajero abrió la puerta del cercado con facilidad.

A partir de ahí, solo quedaban unos pasos en la nieve inmaculada, los de Mathias, y fue muy fácil observar que el hijo había empinado bien el codo con el padre, porque la hilera de pasos hacía unas eses pronunciadas que se desviaban hasta los árboles del camino.

A doscientos metros se levantaban los edificios agrietados y ruinosos del Manoir-au-Puits. La puerta principal estaba abierta.

—Entremos —dijo el cabo. Y, en cuanto pasaron por la puerta, murmuró—: ¡Vaya! El viejo de Gorne ha hecho mal en no venir. Aquí ha habido pelea.

El salón principal estaba desordenado: dos sillas rotas, la mesa volcada y los trozos de porcelana y cristal por el suelo daban fe de la violencia de la lucha. El reloj de pared, que era muy grande, estaba tirado en el suelo y marcaba las once y media.

Siguiendo a la criada, subieron rápidamente a la primera planta. Allí no estaban ni Mathias ni su mujer. Pero habían derribado la puerta de su dormitorio con un martillo, que encontraron debajo de la cama.

Rénine y el cabo volvieron a bajar. El salón se comunicaba con la cocina por un pasillo. La cocina estaba en la parte trasera y daba directamente a un patio pequeño, cercado, en el huerto; en un extremo del cercado había un pozo, por donde había que pasar cerca necesariamente.

Ahora bien, desde la puerta de la cocina hasta el pozo, la capa de nieve no era muy espesa y estaba dispersa de manera irregular, como si hubieran arrastrado un cuerpo. Y, alrededor del pozo, las pisadas se enmarañaban, lo que dejaba claro que la lucha se reanudó ahí. El cabo distinguió otras huellas, además de las de Mathias, más elegantes y finas.

Luego, solo se veían esas otras pisadas alejándose en línea recta por el huerto. Y, treinta metros más allá, junto a las huellas, encontraron una Browning. Los campesinos la reconocieron porque era igual a la que Jérôme Vignal había sacado la antevíspera en el hostal.

El cabo examinó el cargador: faltaban tres de las siete balas.

Así, poco a poco, reconstruyeron los hechos a grandes rasgos. El cabo ordenó que todo el mundo se mantuviera alejado y que dejara los restos donde estaban; se arrimó al pozo, se inclinó, hizo algunas preguntas a la criada y se acercó a Rénine murmurando:

—Me parece que está bastante claro.

Rénine lo sujetó del brazo y le dijo:

—Cabo, sin rodeos. Conozco bastante bien el caso y, como ya le he dicho, tengo relación con la señorita Ermelin, y ella es amiga de Jérôme Vignal y también conoce a la señora de Gorne. ¿Usted supone que...?

—Yo no quiero suponer nada. Solo constato que alguien vino aquí anoche...

—¿Por dónde? Las únicas huellas humanas que venían hacia el Manoir son las del señor de Gorne.

—Porque la otra persona, la que según las huellas usa botines elegantes, llegó antes de que empezara a nevar, es decir, antes de las nueve de la noche.

—¿Y estuvo escondido en un rincón del salón, esperando a que llegara el señor de Gorne, que vino después de la nevada?

—Exactamente. En cuanto Mathias entró, el individuo se le echó encima. Lucharon. Mathias se escapó por la cocina. El individuo lo siguió hasta el pozo y le disparó los tres tiros.

—¿Y el cadáver?

—En el pozo.

—¡Bueno, bueno! ¿Y cómo ha llegado a esa conclusión?

—Pues muy fácil, señor. La nieve está ahí y nos cuenta la historia; y la nieve nos dice muy claramente que, después de la pelea y después de los tres disparos, solo un hombre salió de la granja y se alejó, solo uno, y las huellas de esos pasos no son las de Mathias de Gorne. Así que ¿dónde está Mathias de Gorne?

—Pero ¿se podrá buscar en el pozo?

—No, es un pozo sin fondo. Todos los de por aquí lo saben muy bien, de ahí el nombre del Manoir.

—Entonces, ¿de verdad usted cree...?

—Se lo repito: después de la nevada, solo llegó una persona: Mathias. Y solo se fue otra: el desconocido.

—¿Y la señora de Gorne? ¿También la mató y la tiró al pozo como a su marido?

—No. Se la llevó.

—¿Se la llevó?

—Acuérdese de la puerta del dormitorio, la derribó a martillazos.

—Vamos a ver, cabo, usted asegura que solo salió de aquí una persona, el desconocido.

—Inclínese usted. Observe los pasos de ese hombre. Mire cómo se hunden en la nieve, se hunden hasta el suelo. Esos pasos son los de un hombre que lleva a cuestas algo pesado. El desconocido llevaba a hombros a la señora de Gorne.

—Entonces, ¿hay una salida en esa dirección?

—Sí, una puertecita, y Mathias siempre llevaba la llave encima. El desconocido se la habrá quitado.

—¿La salida da al campo?

—Sí, a un camino que a doscientos metros se une con la carretera departamental. ¿Y sabe dónde?

—No.

—En la misma esquina del castillo.

—¡El castillo de Jérôme Vignal! —Y Rénine murmuró entre dientes—: ¡Vaya! La cosa se pone seria. Si el rastro de huellas llega hasta el castillo, ya queda claro.

El rastro llegaba hasta el castillo; y lo pudieron comprobar siguiéndolo por el campo sinuoso, con nieve amontonada en algunos lugares. Alrededor de la verja principal de acceso al castillo la nieve estaba despejada, pero comprobaron que las dos ruedas de un coche de caballos habían formado otro rastro que iba en dirección opuesta al pueblo.

El cabo llamó al timbre. El guardés, que también había despejado la nieve del camino de entrada, llegó con una escoba en la mano. Cuando lo interrogaron, respondió que Jérôme Vignal había enganchado el caballo al carruaje y se había ido por la mañana, antes de que nadie se levantara.

—Entonces —dijo Rénine—, si quisieron poner distancia, solo tenemos que seguir las huellas de las ruedas.

—No hace falta —aseguró el cabo—. Han ido a la estación de ferrocarril.

—¿A la de Pompignat? ¿De donde yo vengo? Pues entonces habrían tenido que pasar por el pueblo.

—Precisamente se fueron en dirección contraria, hacia la capital del departamento, porque allí paran los rápidos. Allí también está el ministerio fiscal. Voy a telefonear y, como de la capital no sale ningún tren hasta las once, basta con vigilar la estación.

—Cabo, creo que va por buen camino —dijo Rénine—, le felicito por la manera en que ha llevado la investigación.

Y se despidieron.

Rénine estuvo a punto de ir a casa de Hortense Daniel a La Roncière, pero lo pensó mejor y prefirió no verla hasta que las cosas fueran más favorables para sus amigos. Volvió al hostal y pidió que llevaran una carta a la señora Daniel.

Mi querida amiga:

Su carta me dio a entender que, como siempre le conmueven los asuntos del corazón, le gustaría proteger el amor de Jérôme Vignal y Natalie. Ahora bien, todo da a entender que ellos, sin pedir consejo a su protectora, tiraron a Mathias de Gorne al fondo de un pozo y se largaron.

Perdone que no vaya a visitarla. Este caso es diabólicamente complicado y si estoy con usted no tendré la concentración mental necesaria para ocuparme de él.

Eran las diez y media de la mañana. Rénine fue a dar un paseo por el campo, con las manos en la espalda y sin mirar el maravilloso espectáculo de la llanura blanca. Volvió al hostal a la hora de comer; seguía enfrascado en sus pensamientos, sin prestar atención a los cotilleos de los otros clientes, que todos giraban en torno a los últimos acontecimientos.

Subió a su habitación. Después de un buen rato se durmió, pero le despertaron unos golpes en la puerta. Abrió.

—¡Usted! Es usted... —murmuró. Hortense y Rénine se miraron unos segundos, en silencio, cogidos de las manos, como si nada, ni un pensamiento ajeno ni cualquier palabra pudieran interferir en la alegría de volver a verse. Al final, Rénine le preguntó—: ¿He acertado al venir?

—Sí —le respondió Hortense con un tono muy dulce—. Sí, lo esperaba.

—Tal vez, habría sido mejor que me hubiera llamado un poco antes, en lugar de esperar... Los acontecimientos no han esperado y no sé muy bien qué va a ser de Jérôme Vignal y Natalie de Gorne.

—¿Cómo? ¿No se ha enterado? —dijo Hortense rápidamente.

—¿De qué no me he enterado?

—Los han detenido cuando subían al rápido.

—Detenidos..., no —protestó Rénine—. Así no se detiene a la gente. Primero hay que interrogarlos.

—Es lo que hacen en este mismo momento. La justicia está investigando.

—¿Dónde?

—En el castillo. Y como son inocentes... Porque son inocentes, ¿verdad? ¿Usted tampoco admite que sean culpables?

—Querida amiga, yo no admito nada ni quiero admitir nada —respondió Rénine—. Pero he de decirle que lo tienen todo en contra... Excepto un hecho, así que todo en contra es demasiado decir. No es muy normal que haya tantas pruebas ni que el asesino relate su historia con tanta ingenuidad. Al margen de eso, la situación está bastante negra y llena de contradicciones.

—¿Y?

—Pues que estoy muy confundido.

—¿Pero tendrá algún plan?

—Hasta el momento, no. ¡Ay, si pudiera ver a Jérôme Vignal y a Natalie de Gorne, escucharles y saber qué dicen en su defensa! Pero entenderá que no van a permitirme que los interrogue o que asista a los interrogatorios. Además, ya habrán acabado.

—Han acabado en el castillo —dijo Hortense—, pero van a seguir en el Manoir.

—¿Los llevarán al Manoir? —preguntó rápidamente.

—Sí, al menos eso dice uno de los chóferes de la fiscalía.

—Bueno, entonces, todo solucionado —gritó Rénine—. ¡Al Manoir! Ahí tendremos asientos de primera fila. Veremos y oiremos todo, porque me basta con una palabra, un tono, un guiño para descubrir la pequeña pista que me falta. Aún puede que nos quede alguna esperanza. Vamos, querida amiga.

La llevó directamente por el camino que había seguido esa misma mañana y que terminaba en la puerta que abrió el cerrajero. Los policías de guardia en el Manoir habían abierto un paso en la nieve a lo largo del rastro de huellas y alrededor de la casa. Casualmente, Hortense y Rénine pudieron acercarse sin que los vieran y entrar por una ventana lateral que daba a un pasillo, donde arrancaba una escalera de servicio. Unos peldaños más arriba había una habitación pequeña, donde solo entraba la luz del salón enorme de la planta baja, por una especie de ojo de buey. Esa mañana, cuando Rénine estuvo ahí, se había fijado en que el ojo de buey estaba medio tapado con un trozo de tela. Apartó la tela y cortó el cristal.

Unos minutos más tarde oyeron unas voces desde el otro lado de la casa, seguramente de los alrededores del pozo. Las voces se hicieron más nítidas. Varias personas invadieron la casa. Algunas subieron a la primera planta, mientras que el cabo llegó con un hombre joven del que solo vieron la silueta alta.

—¡Es Jérôme Vignal! —confirmó Hortense.

—Sí —respondió Rénine—. Primero interrogarán a la señora de Gorne arriba, en su dormitorio.

Pasó un cuarto de hora, los de la primera planta bajaron y entraron al salón. Eran el fiscal suplente, el secretario judicial, un comisario de policía y dos agentes.

El suplente llevó al salón a la señora de Gorne y pidió a Jérôme Vignal que se acercara.

La cara de Jérôme era exactamente la del hombre enérgico que Hortense había descrito en la carta. No mostraba preocupación, más bien al contrario, decisión y una voluntad firme. A Natalie, bajita y muy menuda aparentemente, le brillaban los ojos y también daba la misma sensación de calma y seguridad.

El fiscal suplente examinó los muebles desordenados y los rastros de lucha, pidió a Jérôme que se sentara y le dijo:

—Señor, hasta este momento le he hecho pocas preguntas. Antes quería mostrarle, mediante el desarrollo de la somera investigación que he llevado a cabo y retomará el juez de instrucción, los motivos muy graves por los que le he pedido que interrumpiera su viaje y volviera aquí con la señora de Gorne. Ahora está en disposición de refutar los cargos realmente preocupantes que lo acusan. Así que le pido que me diga estrictamente la verdad.

—Señor —respondió Jérôme—, los cargos que pesan sobre mí me preocupan muy poco. La verdad que usted exige será más fuerte que todas las mentiras que, casualmente, se han acumulado en mi contra.

—Estamos aquí para poner de relieve esa verdad.

—Pues esta es. —Vignal se quedó un instante pensativo y empezó el relato con una voz nítida y franca—: Amo profundamente a la señora de Gorne. Desde el primer momento en que la vi sentí por ella un amor sin límites, pero, por muy grande e intenso que fuera ese amor, siempre lo he dominado exclusivamente por su honor. La amo, pero la respeto aún más. Ella ya se lo habrá dicho, pero yo se lo repito: la señora de Gorne y yo hemos hablado por primera vez esta noche. —Y continuó con una voz más sorda—: La respeto aun a pesar de lo desgraciada que es. A la vista y a sabiendas de todo el mundo, cada minuto de su vida es un suplicio. Su marido la hostiga con un odio furibundo y unos celos exacerbados. Pregunte a los criados. Ellos le hablarán del calvario de Natalie de Gorne, de los golpes que recibía y de los insultos que tenía que aguantar. Yo quise acabar con ese calvario apelando al derecho de auxilio que se otorga a cualquier persona cuando hay exceso de infortunio y de injusticia. Avisé tres veces al viejo de Gorne, le rogué que interviniera, pero él odia a su nuera casi tanto como su hijo, un odio que muchos sienten por las personas hermosas y nobles. Entonces decidí actuar yo directamente y anoche intenté negociar con Mathias de Gorne. Es un procedimiento... un poco insólito, pero, teniendo en cuenta el personaje, podía y debía salir bien. Le juro, señor fiscal, que mi única intención era hablar con Mathias de Gorne. Yo sabía algunos detalles de su vida privada que me permitían presionarle de manera eficaz y quise aprovechar esa ventaja para alcanzar mi objetivo. Si las cosas se torcieron, yo no soy completamente responsable. El caso es que vine antes de las nueve de la noche. Sabía que los criados no estarían, así que me abrió él. Estaba solo.

—Señor —le interrumpió el fiscal suplente—, usted, igual que hace un rato la señora de Gorne, afirma algo que es manifiestamente contrario a la verdad. Ayer Mathias de Gorne no volvió a su casa hasta pasadas las once de la noche. Sobre ese dato hay pruebas concretas: el testimonio de su padre y el rastro de sus pasos en la nieve que cayó de nueve y cuarto a once de la noche.

—Señor fiscal —declaró Jérôme Vignal, sin importarle la mala impresión que provocaba su tenacidad—, cuento los hechos como ocurrieron y no como puedan interpretarse. Continúo. Cuando entré en este salón, ese reloj de ahí marcaba exactamente las nueve menos diez. El señor de Gorne, pensando que venía a atacarle, había descolgado la escopeta. Yo dejé el revólver en la mesa, fuera de mi alcance, y me senté.

»—Señor, tengo que hablar con usted. Escuche —le dije.

»Él no se movió ni articuló una sola sílaba. Así que hablé yo. Solté rápidamente y con crudeza unas cuantas frases que traía preparadas, sin explicaciones previas que pudieran atenuar la brutalidad de mi oferta.

»—Llevo varios meses investigando minuciosamente su situación económica. Tiene todas las tierras hipotecadas. Ha firmado pagos, cuyo vencimiento se aproxima y es materialmente imposible que dé cuenta de ellos.

De su padre no puede esperar nada: su balance financiero también es nefasto. Así que está perdido. Yo vengo a salvarlo.

»Él me observó. Luego, aún taciturno, se sentó, lo que significaba que mi oferta no le disgustaba demasiado, ¿no le parece?

»—Aquí tiene sesenta mil francos. Le compro el Manoir-au-Puits y las tierras con las hipotecas. Es exactamente el doble de lo que vale.

»Vi cómo le brillaban los ojos y murmuró:

»—¿Con qué condiciones?

»—Solo con una: que se marche a América.

»Señor fiscal, estuvimos negociando dos horas y no porque mi oferta le indignara —no me habría arriesgado de no saber con quién me la jugaba—, sino porque él quería más, negoció con dureza, evitando por todos los medios pronunciar el nombre de la señora de Gorne; tampoco yo la mencioné ni una vez. Parecíamos dos individuos que buscaban una transacción, un acuerdo sobre un conflicto cualquiera, cuando de lo que hablábamos era del destino y la felicidad de una mujer. Al final, ya hastiado, acepté un compromiso y llegamos a un acuerdo definitivo que quise cerrar enseguida. Firmamos dos letras de cambio: una para mí, en la que me cedía el Manoir-au-Puits por la cantidad que le pagué, y la otra para él, que se la guardó en el bolsillo inmediatamente, en la que me comprometía a enviarle a América la misma cantidad cuando se declarara la sentencia de divorcio.

»Así que el negocio estaba cerrado. Estoy seguro de que en ese momento lo aceptó de buena fe. No me consideraba un enemigo o un rival, sino un señor que le prestaba un servicio. Incluso llegó a darme la llave de la puertecita que da al campo para que pudiera volver a casa directamente. Por desgracia, mientras cogía el sombrero y el abrigo, cometí el error de dejar en la mesa la letra de cambio que había firmado de Gorne. En una décima de segundo, Mathias se dio cuenta del partido que podía sacar a ese despiste. Quedarse con su propiedad, con su mujer... y con el dinero. Con mucha rapidez se guardó la letra de cambio, me dio con la culata de la escopeta en la cabeza, tiró la escopeta y me agarró del cuello con las dos manos. Una gran equivocación: yo soy más fuerte. Luchamos violentamente, pero yo lo dominé enseguida y lo até con una cuerda que había en un rincón.

»Señor fiscal, si la decisión de mi adversario había sido rápida, la mía no lo fue menos. A fin de cuentas, él había aceptado el trato y yo le obligaría a cumplirlo, al menos en la parte que a mí me interesaba. Subí en cuatro zancadas a la primera planta.

»No tenía ninguna duda de que la señora de Gorne estaba ahí ni de que había oído la pelea. Entré en tres habitaciones con una linterna. La cuarta estaba cerrada con llave. Llamé a la puerta, pero nadie respondió. Yo vivía uno de esos momentos en los que no hay obstáculo que te detenga. En una de las habitaciones había visto un martillo. Lo agarré y tiré la puerta abajo.

»Y, efectivamente, ahí estaba Natalie de Gorne desmayada en el suelo. La cogí en brazos, bajé las escaleras y me fui por la cocina. Fuera, al ver la nieve, pensé que sería muy fácil seguir mis huellas, pero me dio igual. ¿Acaso tenía que despistar a Mathias de Gorne? De ninguna manera. Tenía en su poder los 60 000 francos, el documento por el que me comprometía a pagarle esa misma cantidad el día del divorcio y el Manoir con sus tierras, así que se iría de aquí y me dejaría a Natalie de Gorne. Entre nosotros no había cambiado nada, salvo una cosa: en lugar de esperar a que a él le viniera en gana, yo había cogido de inmediato la prenda preciosa que deseaba. Yo no temía que Mathias de Gorne volviera al ataque, sino los reproches y la indignación de Natalie de Gorne. ¿Qué diría cuando se viera cautiva?

»Señor fiscal, creo que la señora de Gorne ha tenido la franqueza de decir los motivos por los que no me hizo ningún reproche: el amor llama al amor. Esa noche, en mi casa, rota de emoción, me confesó sus sentimientos. Natalie me amaba tanto como yo a ella. Nuestros destinos se unían. Y esta mañana a las cinco nos fuimos juntos sin pensar ni por un instante que la justicia pudiera pedirnos cuentas.

Jérôme Vignal había acabado el relato. Lo había soltado del tirón, como un relato que aprendes de memoria y no se puede cambiar nada de él.

Hubo un momento de respiro.

Desde la habitación en la que estaban, Hortense y Rénine no se perdieron ni una palabra.

—Todo es perfectamente posible y desde luego muy lógico —susurró Hortense.

—Hay dos objeciones —respondió Rénine—. Escúchelas, porque son preocupantes. Sobre todo, una...

Esa fue la que planteó el fiscal desde un principio:

—Y, a todo esto, ¿el señor de Gorne...?

—¿Mathias de Gorne? —preguntó Jérôme.

—Sí. Usted ha contado con un tono tremendamente sincero una serie de hechos que estoy dispuesto a admitir. Por desgracia, se olvida de un punto de importancia capital: ¿qué ha pasado con Mathias de Gorne? Usted lo dejó atado en esta habitación. Ahora bien, esta mañana no estaba aquí.

—Evidentemente, señor fiscal, Mathias de Gorne, a fin de cuentas, aceptó el trato y se fue.

—¿Por dónde?

—Probablemente por el camino que va a casa de su padre.

—¿Y dónde están sus huellas? Nos rodea un manto de nieve que es un testigo imparcial. En la nieve, se le ve a usted alejarse después del enfrentamiento. ¿Por qué no se le ve a él? Él vino, pero no volvió a marcharse. ¿Dónde está? No hay ni una huella o, mejor dicho —el fiscal bajó la voz—, sí, hay algunas huellas hacia el pozo y alrededor del pozo..., huellas que demuestran que la gran pelea fue allí... Y después nada, nada más.

Jérôme se encogió de hombros.

—Señor fiscal, eso ya me lo ha dicho y eso es una acusación de asesinato contra mí. No responderé.

—¿Y me responderá al hecho de que su revólver se encontró a veinte metros del pozo?

—Tampoco.

—¿Y sobre la extraña coincidencia de los tres disparos que se oyeron por la noche y las tres balas que faltan en su revólver?

—No, señor fiscal. No hubo una gran pelea junto al pozo, como usted cree, porque yo dejé al señor de Gorne atado en esta habitación y también dejé aquí mi revólver. Por lo demás, si se oyeron tres tiros, yo no los disparé.

—Entonces, ¿son coincidencias fortuitas?

—Eso le corresponde explicar a la justicia. Mi único deber es decir la verdad y usted no tiene derecho a pedirme más.

—¿Pero si esa verdad contradice los hechos que observamos?

—Pues los hechos están equivocados, señor fiscal.

—De acuerdo. Pero hasta que la justicia pueda corroborarlos con sus afirmaciones, usted entenderá que estoy obligado a ponerlo a disposición del ministerio fiscal.

—¿Y la señora de Gorne? —preguntó Jérôme ansiosamente. El suplente no respondió. Sostuvo una conversación con el comisario y luego con uno de los agentes, al que ordenó acercar uno de los dos coches. Luego se dirigió a Natalie.

—Señora, usted ha oído la declaración del señor Vignal. Coincide exactamente con la suya. En concreto, el señor Vignal afirma que cuando se la llevó, usted estaba desmayada. ¿Y no recuperó la consciencia en todo el trayecto?

Parecía que la entereza de Jérôme había reforzado más aún la seguridad de la joven.

—Señor, me desperté en el castillo —respondió.

—Es bastante extraño. ¿No oyó usted las tres detonaciones que casi todo el pueblo ha oído?

—No las oí.

—¿Y no vio nada de lo que pasó junto al pozo?

—Junto al pozo no pasó nada porque así lo afirma Jérôme Vignal.

—Pues, entonces, ¿dónde está su marido?

—Lo ignoro.

—Vamos a ver, señora, usted debería colaborar con la justicia y cuando menos declarar lo que supone. ¿Cree usted que hubo un accidente y que el señor de Gorne, después de estar con su padre y beber más de lo habitual, pudiera haber perdido el equilibrio y caído al pozo?

—Cuando mi marido volvió de casa de su padre no estaba en absoluto en estado de embriaguez.

—Pues su padre así lo ha declarado. Su padre y él habían bebido dos o tres botellas de vino.

—Su padre se equivoca.

—Pero la nieve no se equivoca, señora —dijo el fiscal suplente irritado—, y las pisadas hacen eses.

—Mi marido llegó a casa a las ocho y media, antes de que empezara a nevar.

El fiscal suplente dio un puñetazo en la mesa.

—¡Por el amor de Dios, señora! Usted declara en contra de la propia evidencia. ¡El manto de nieve es imparcial! ¡Que contradiga lo que no puede comprobarse, lo admito!, pero esto, unas pisadas en la nieve... En la nieve... —El fiscal se contuvo. Los automóviles se detuvieron delante de las ventanas. Pero el suplente tomó una decisión repentina y le dijo a Natalie—: Señora, ¿querría usted ponerse a disposición de la justicia y esperar en el Manoir...?

Le hizo un gesto al cabo para que llevara a Jérôme Vignal al automóvil.

Los dos amantes habían perdido la partida. Apenas se habían unido, ya tenían que separarse y luchar lejos el uno del otro contra unas acusaciones muy graves.

Jérôme dio un paso hacia Natalie. Intercambiaron una mirada larga y dolorosa. Luego él se inclinó ante ella y se dirigió a la salida, detrás del cabo de la gendarmería.

—¡Alto! —gritó una voz...—. ¡Cabo, media vuelta! ¡Jérôme Vignal, ni un paso más! —El fiscal suplente y todos los demás levantaron la cabeza desconcertados. Rénine había abierto el ojo de buey y se asomaba gesticulando—: ¡Me gustaría que me escucharan! Tengo que hacer varias observaciones... Especialmente una sobre las desviaciones de las huellas... Ahí está la clave... Mathias no había bebido... Mathias no había bebido. —Rénine se dio la vuelta, pasó las dos piernas por el agujero de la ventana y, mientras Hortense, atónita, intentaba sujetarlo, él le decía—: Querida amiga, no se mueva... No hay ninguna razón para que vengan a molestarla.

Soltó las manos y cayó de un salto al salón.

El fiscal parecía petrificado.

—¡Por Dios, señor! ¿De dónde sale? ¿Quién es usted?

Rénine se sacudió el polvo de la ropa y respondió:

—Mil perdones, señor fiscal. Debería haber llegado aquí como todo el mundo, pero tenía prisa. Además, si hubiera entrado por la puerta en lugar de caer del techo, mis explicaciones tendrían menos efecto.

El fiscal suplente se acercó furioso.

—¿Quién es usted?

—El príncipe Rénine. Esta mañana he participado en la investigación del cabo. ¿No es así, cabo? Y desde entonces me he dedicado a pensar en el asunto y a informarme. Por eso, como tenía muchísimo interés en asistir al interrogatorio, me he escondido en ese cuartucho aislado.

—¡Usted estaba ahí! ¡Cómo se atreve!

—Cuando la verdad está en juego hay que atreverse a todo. Precisamente, si no hubiera estado ahí, no habría escuchado el pequeño dato que me faltaba. No habría sabido que Mathias de Gorne no estaba ni mínimamente borracho. Porque esa es la clave del misterio. Una vez que sabes eso, ya conoces la verdad.

El fiscal suplente se encontraba en una situación bastante ridícula. Como no había tomado las precauciones necesarias para que la investigación fuera secreta, le resultaba difícil actuar contra el intruso.

—Acabemos con esto. ¿Qué quiere usted? —refunfuñó.

—Unos minutos de atención.

—¿Para qué?

—Para demostrar la inocencia del señor Vignal y la señora de Gorne.

Rénine tenía ese aire tranquilo y esa especie de indolencia tan propios de él cuando entra en acción y cuando el desenlace del drama solo depende de él. Hortense, ya con una confianza plena, se estremeció.

«Están salvados —pensó muy emocionada—. Le pedí que protegiera a esa mujer y la va a librar de la cárcel y de la desdicha».

Jérôme y Natalie debieron de tener esa misma sensación repentina de esperanza, porque se habían acercado el uno al otro, como si el desconocido caído del cielo les hubiera permitido unir sus manos.

El fiscal se encogió de hombros.

—Cuando llegue el momento, la propia instrucción tendrá todos los medios para establecer esa inocencia. Y le convocarán a usted para que declare.

—Sería mejor establecerla ahora mismo. Retrasarlo podría acarrear consecuencias penosas.

—Pero tengo prisa.

—Me basta con dos o tres minutos.

—¡Dos o tres minutos para aclarar un caso de esta dimensión!

—Solo eso.

—¿Lo conoce muy bien?

—Ahora sí. He pensado mucho desde esta mañana.

El suplente comprendió que ese señor era de los que no cedían y que debía resignarse. Con un tono algo burlón le dijo:

—¿Y sus pensamientos le permiten establecer dónde está Mathias de Gorne?

Rénine miró el reloj y respondió:

—En París, señor fiscal.

—¿En París? Luego, ¿está vivo?

—Vivo y, para más detalle, con una salud excelente.

—Me alegra oírlo. Pero, entonces, ¿qué significan los pasos alrededor del pozo, el revólver y los tres disparos?

—Simplemente, es un montaje.

—¡Ah, ah! Un montaje, ¿de quién?

—Del propio Mathias de Gorne.

—¡Qué extraño! ¿Y para qué?

—Para fingir su muerte y urdir una trama para que la justicia inevitablemente acusara al señor Vignal de su muerte, de su asesinato.

—Como hipótesis es ingeniosa —aprobó el fiscal, aún con ironía—. ¿Qué piensa usted, señor Vignal?

Jérôme respondió:

—Yo también había sospechado algo así, señor fiscal. Me parece muy verosímil que, después de la pelea y de que yo me fuese, Mathias de Gorne hubiera elaborado otro plan en el que esta vez el odio saliera ganando. De Gorne ama y aborrece a su mujer. A mí me detesta. Se habrá vengado.

—Una venganza muy cara, porque, según su declaración, usted debía pagar a Mathias de Gorne otros 60 000 francos.

—Sí, señor fiscal, pero ese dinero lo conseguirá de otro modo. Cuando investigué la situación económica de la familia de Gorne, descubrí que padre e hijo habían contratado un seguro de vida en beneficio mutuo. Si el hijo muere o finge su muerte, el seguro paga al padre y este se lo rembolsa al hijo.

—Entonces —dijo el fiscal sonriendo—, el padre sería cómplice del hijo en todo este montaje.

Rénine fue quien respondió:

—Exactamente, señor fiscal. Padre e hijo están compinchados.

—¿Así que encontraremos al hijo en casa del padre?

—Lo habrían encontrado esta noche.

—¿Y qué ha sido de él?

—Se subió al tren en Pompignat.

—¡Todo esto solo son suposiciones!

—Verdades.

—Una verdad moral, pero sin una mínima prueba, confiéselo. —El suplente no esperaba respuesta a su pregunta. Así que, considerando que ya había demostrado excesiva buena voluntad y que la paciencia tiene límites, puso fin a la declaración—. Ni una mínima prueba —repitió mientras cogía el sombrero—. Y, sobre todo, sobre todo, nada de lo que dice puede contradecir, aunque sea un poco, el testimonio implacable de la nieve. Mathias de Gorne tuvo que salir de aquí para ir a casa de su padre, ¿por dónde?

—¡Dios mío! Pero si ya se lo ha dicho el señor Vignal, por el camino que va a casa de su padre.

—Sin dejar huellas en la nieve.

—No.

—Pero estas lo sitúan viniendo hacia aquí y no yéndose de aquí.

—Es lo mismo.

—¿Cómo?

—Muy fácil. No hay una sola manera de caminar. No siempre se avanza de frente.

—¿Y de qué otra manera se puede avanzar?

—Reculando, señor fiscal.

Esa palabra, pronunciada simplemente, pero con un tono nítido, destacando las sílabas, provocó un gran silencio. Todos comprendieron a la primera su profundo significado y, adaptándolo a la realidad, todos vieron de golpe esa verdad impenetrable que, de repente, parecía la cosa más natural del mundo. Rénine insistía y, mientras caminaba de espaldas hacia la ventana, decía:

—Si quiero acercarme a esta ventana, puedo, evidentemente, ir de frente a ella, pero también puedo ponerme de espaldas y caminar hacia atrás. De las dos formas llego al mismo sitio. —Y, rápidamente, siguió con vehemencia—: En resumen, a las ocho y media, antes de que empezara a nevar, el señor de Gorne vuelve de casa de su padre. Así que no deja huellas porque aún no había nevado. A las nueve menos diez, se presenta el señor Vignal, sin dejar ningún rastro de su llegada. Hablan los dos hombres. Cierran el trato. Se pelean. Mathias de Gorne pierde. Así pasaron tres horas. Entonces, Vignal huye con la señora de Gorne. Mathias está indignado, furioso, pero, de pronto, vislumbra una venganza terrible, concibe la ingeniosa idea de aprovechar la nieve, que ahora tomamos de testigo y que cubrió el suelo durante un intervalo de tres horas, contra su enemigo. Entonces organiza su propio asesinato o, mejor dicho, su aparente asesinato y caída al pozo, y se aleja marcha atrás, paso a paso, dibujando en la página en blanco su llegada en lugar de su salida. ¿Me explico con claridad, señor fiscal? *Dibuja en la página en blanco su llegada en lugar de su salida.*

El fiscal ya no refunfuñaba. Ese inoportuno y extravagante de pronto le parecía un personaje digno de atención y del que no convenía burlarse.

—¿Y cómo se fue de casa de su padre? —le preguntó a Rénine.

—Muy fácil, en una carreta.

—¿Quién la guiaba?

—Su padre.

—¿Cómo lo sabe?

—Esta mañana, el cabo y yo vimos la carreta y hablamos con el padre cuando iba al mercado, como siempre. El hijo estaba tumbado debajo de la lona. Se subió al tren en Pompignat. Y ahora está en París.

Las explicaciones de Rénine, como había prometido, duraron poco menos de cinco minutos, y solo las había basado en la lógica y en la verosimilitud. Sin embargo, ya no quedaba nada del misterio angustioso en el que se debatían. La oscuridad se había disipado. La verdad había salido a la luz.

La señora de Gorne lloraba de alegría. Jérôme Vignal agradecía efusivamente al genio bondadoso que con un toque de su varita mágica había cambiado el curso de los acontecimientos.

—Si le parece bien, señor fiscal, vamos a ver juntos esas pisadas —continuó—. Esta mañana, nuestra equivocación fue entretenernos con las huellas del supuesto asesino e ignorar las de Mathias de Gorne. ¿Por qué íbamos a prestarles atención? Pues, precisamente, ahí estaba el meollo de la cuestión.

Salieron al campo y se acercaron a la hilera de pasos. No hizo falta examinar demasiado para comprobar que muchas de las huellas eran torpes, titubeantes, se hundían demasiado en el talón o en la punta y tenían distintas aberturas.

—Esta torpeza es inevitable —comentó Rénine—. Mathias de Gorne tendría que haber entrenado mucho para adaptar su forma de caminar de espaldas a la de frente. Su padre y él debieron de darse cuenta, al menos del zigzag que dejaba, porque el padre se esforzó por advertir al cabo que su hijo había bebido de más —y añadió—: Precisamente, al descubrir esa mentira, la situación se aclaró de repente. Cuando la señora de Gorne aseguró que su marido no estaba borracho, pensé en las huellas y lo imaginé.

El fiscal suplente se resignó con franqueza y se echó a reír.

—Bueno, ya solo queda mandar unos agentes tras los pasos del supuesto muerto.

—¿Con qué cargos, señor fiscal? —preguntó Rénine—. Mathias de Gorne no ha cometido ningún delito. Pisotear los alrededores de un pozo, colocar un revólver que no es suyo alejado de ese pozo, disparar tres veces, ir a casa de su padre caminando hacia atrás... no hay nada punible. ¿Qué se le podría reclamar? ¿Los 60 000 francos? Supongo que el señor Vignal no tendrá ninguna intención de hacerlo y que no lo denunciará.

—Así es —aseguró Jérôme.

—Entonces, ¿qué? ¿El seguro de vida en beneficio del padre? Solo sería delito si el padre lo reclamara. Y eso me extrañaría mucho. Vaya, miren, ahí está el tipo. Vamos a saberlo muy pronto.

Efectivamente, el viejo de Gorne llegaba gesticulando. Arrugaba la cara humilde para expresar dolor y rabia.

—¿Mi hijo? Al parecer, ese lo ha matado... ¡Mi pobre Mathias muerto! ¡Maldito Vignal!

Y amenazó con el puño a Jérôme.

El fiscal lo cortó bruscamente:

—Una pregunta, señor de Gorne, ¿tiene intención de reclamar algún seguro?

—Pues claro —dijo el viejo—, pese a él...

—Pero su hijo no está muerto. Hasta se dice que usted es cómplice de este tejemaneje, que usted lo escondió debajo de la lona de su carromato y lo llevó a la estación.

El hombre escupió al suelo y levantó la mano como si fuera a jurar solemnemente, pero se quedó quieto un instante y, luego, de repente, se echó atrás, cambió de opinión con un cinismo ingenuo, una expresión tranquila y una actitud conciliadora, y estalló en carcajadas.

—¡Vaya con el bribón de Mathias! ¿Quería hacerse el muerto? ¡Qué granuja! ¿Y contaba conmigo para cobrar el seguro y que se lo enviara? ¡Como si yo fuera capaz de una treta así! Tú no me conoces, amigo.

Y, sin esperar, se alejó riéndose como un vividor que se divierte con una historia graciosa, pero, eso sí, esforzándose por pisar con sus botas gruesas de clavos cada una de las huellas acusadoras que había dejado su hijo.

Cuando Rénine volvió al Manoir para recoger a Hortense, la joven había desaparecido.

El príncipe se presentó en casa de la prima Ermelin. Pero Hortense encargó que le dijeran que la excusara porque estaba algo fatigada y necesitaba descansar.

«Perfecto, todo va bien —pensó Rénine—. Me rehúye. Así que me ama. Se acerca el desenlace».

VIII

EL DIOS MERCURIO

Señora Daniel
La Roncière, Bassicourt
30 de noviembre

Mi queridísima amiga:

Dos semanas más sin una carta. Ya no cuento con recibirla antes de la fecha fatídica del 5 de diciembre, que fijamos para acabar nuestra colaboración. Espero impaciente ese día, porque así se librará de un trato que al parecer ya no le interesa. Para mí, la época de las siete batallas que libramos y ganamos juntos ha sido infinitamente alegre y muy intensa. Estaba a su lado. Veía lo bien que le sentaba este tipo de vida más activa y más emocionante. Era tan feliz que no me atrevía a hablar de eso ni de mis sentimientos; solo expresaba el deseo de complacerla y mi gran cariño. Hoy, querida amiga, rechaza a su compañero de armas. ¡Que se cumpla su voluntad!

Pero, aunque acepto la interrupción, ¿me permite recordarle algo en lo que siempre he pensado, que sería la aventura definitiva, y cuál es el objetivo de este último esfuerzo? ¿Me permite repetir lo que dijo? No he olvidado ni una palabra desde entonces.

«Exijo —me soltó— que recupere un broche antiguo; es una coralina engarzada en una montura de filigrana. Me la dio mi madre y a ella la suya; todo el mundo sabía que a ellas les había dado suerte y a mí también.

Desde que desapareció de mi joyero, no soy feliz. Devuélvamelo, genio bondadoso».

Y al preguntarle cuándo había desaparecido el broche, me respondió riendo: «Hace siete... u ocho... o nueve años, no lo sé muy bien... No sé ni dónde ni cómo. No tengo ni idea de nada...».

Aquello fue un desafío, ¿verdad? Y me puso esa condición para que me resultara imposible cumplirla. Sin embargo, lo prometí y me gustaría cumplir mi promesa. Si le falta la seguridad de ese talismán que tanto valora, lo que traté de hacer para mostrarle la vida con otra luz me parecería inútil. No nos riamos de nuestras supersticiones. Muy a menudo son el principio de nuestros mejores actos.

Querida amiga, si me ayudase una vez más, ganaríamos. Solo y con la presión de la fecha que se acerca he fracasado, pero he dejado las cosas de manera que el proyecto tiene muchas posibilidades de triunfar si usted quiere seguir con él.

Y querrá, ¿verdad? Aceptamos un compromiso con nosotros mismos y debemos respetarlo. Tenemos que escribir en el libro de nuestra vida, dentro de un plazo determinado, ocho historias bonitas, en las que habremos puesto energía, lógica y perseverancia, alguna sutileza y, a veces, un poco de heroísmo. Aquí está la octava. A usted le toca actuar para que ocupe su sitio el 5 de diciembre, antes de que el reloj toque las ocho campanadas.

Y ese día hará lo que voy a decirle.

Lo primero y más importante, amiga, no crea que mis instrucciones son disparatadas. Cada una es condición indispensable para conseguirlo. En segundo lugar, corte tres briznas de junco muy delgadas del jardín de su prima (vi que había), trénclas y ate los dos extremos para hacer una fusta rudimentaria, como el látigo de un niño.

Luego, en París, compre un collar de perlas de jade con talla a facetas y córtelo hasta que queden setenta y cinco perlas más o menos iguales.

Lleve un vestido de lana azul debajo del abrigo, un sombrero con follaje rojizo y una boa de plumas de gallo en el cuello. No se ponga guantes ni anillos.

A la tarde, pida que la lleven a la iglesia de Saint-Étienne-du-Mont por la margen izquierda del Sena. A las cuatro en punto, en esa iglesia, junto a la pila de agua bendita, estará una anciana completamente vestida de negro, contando las cuentas de un rosario de plata. La mujer le ofrecerá agua bendita y usted le dará el collar, ella contará las perlas y se lo devolverá.

Después, sígala. Cruzarán el Sena y la anciana la llevará hasta una casa, en una calle desierta de la isla de Saint-Louis, donde entrará sola.

En la planta baja de esa casa encontrará a un hombre aún joven, de tez muy mate y, después de que le quite el abrigo, usted le dirá: «Vengo a buscar mi broche».

No se sorprenda si el hombre se pone nervioso y se asusta. Delante de él, muéstrese tranquila. Si le pregunta algo o si quiere saber por qué se lo pide a él o qué le empuja a ir ahí a por el broche, no le dé ninguna explicación, solo respóndale educadamente: «Vengo a buscar lo que es mío, no lo conozco ni sé su nombre, pero tengo que dirigirme a usted y debo volver a casa con mi broche. Es imprescindible».

Con toda sinceridad, creo que, si tiene la firmeza necesaria para sostener esa actitud, al margen del teatro que pueda interpretar ese hombre, triunfará absolutamente. Pero el enfrentamiento debe ser breve y el resultado depende únicamente de la confianza en usted misma y de su seguridad en el éxito. Es una especie de partido y usted debe derribar al contrario al primer asalto. Si se muestra impasible, ganará; si duda o se pone nerviosa, no tiene nada que hacer contra él: se le escapará y, después del momento de peligro, le sacará ventaja y usted habrá perdido la partida en pocos minutos. No hay término medio: una victoria inmediata o la derrota.

En el último caso, con todas mis excusas, tendrá que aceptar otra vez mi ayuda. Amiga mía, se la ofrezco de antemano, sin ninguna condición y dejando claro que todo lo que yo haya hecho y aún pueda hacer por usted solo me da derecho a dar las gracias a la persona que es toda mi alegría y toda mi vida, y a entregarme mucho más.

Hortense tiró la carta a un cajón después de leerla.

—No iré —dijo muy decidida.

Para empezar, aunque antes Hortense hubiera dado alguna importancia a esa joya, que consideraba un amuleto, entonces, cuando el periodo de pruebas parecía haber terminado, apenas le interesaba. Y luego, no podía olvidar el número ocho, que era el número de la nueva aventura. Lanzarse a eso significaba reanudar la serie que ella había interrumpido, volver a acercarse a Rénine y darle una prueba que él, con su sutil habilidad, sabría explotar muy bien.

La antevíspera del día clave, Hortense seguía con la misma actitud. La víspera por la mañana, igual. Pero, de repente, sin siquiera enfrentarse a sus dudas, corrió al jardín, cortó tres briznas de junco y las trenzó como solía hacer cuando era niña y, a mediodía, pidió que la llevaran al tren. Sintió una poderosa curiosidad. No podía resistirse a todas las nuevas y divertidas sensaciones que prometía la aventura de Rénine. Realmente, era demasiado tentador. El collar de jade, el sombrero con follaje otoñal, la anciana con el rosario de plata..., imposible resistirse a la llamada del misterio y, además, ¿cómo iba a rechazar la ocasión de demostrar a Rénine de lo que era capaz?

«¿Y qué? —pensaba riendo—. Me pide que vaya a París. Pero, para mí, las ocho de la tarde solo son peligrosas a cien leguas de París, en el antiguo castillo abandonado de Halingre. ¡El único reloj que puede dar la hora amenazante está allí, encerrado, cautivo!».

Llegó a París por la noche. La mañana del 5 de diciembre, compró un collar de jade y lo dejó con setenta y cinco perlas; se puso un vestido azul y un sombrero con follaje rojizo y, a las cuatro en punto, entró en la iglesia de Saint-Étienne-du-Mont.

El corazón le latía con fuerza. Esa vez, estaba sola, ¡y cómo sentía la fuerza del apoyo al que había renunciado, y no por una razón real, sino por un temor irracional! Miró a su alrededor, casi esperaba verlo allí. Pero no había nadie..., solo una anciana vestida de negro, de pie junto a la pila de agua bendita.

Hortense fue hacia ella. La anciana, con un rosario de cuentas de plata en la mano, le ofreció agua bendita. Luego, contó, una a una, las perlas del collar que Hortense le había dado.

—Setenta y cinco. Está bien, venga —susurró la anciana. Y, sin decir nada más, empezó a andar deprisa bajo la luz tenue de las farolas, cruzó el puente de Tournelles, entró en la isla de Saint-Louis y siguió por una calle desierta que la llevó a un cruce, donde se detuvo delante de un edificio antiguo con balcones de hierro forjado y le dijo—: Entre.

Y la anciana se fue.

Entonces, Hortense descubrió una tienda de aspecto bonito, que ocupaba casi toda la planta baja del edificio. Por los escaparates, resplandecientes de luz eléctrica, se veían un montón de objetos y muebles antiguos desordenados. Se quedó ahí unos segundos mirando como despistada. En el cartel ponía «El Dios Mercurio» y el nombre del comerciante: «Pancardi». Más arriba, en un saliente que adornaba la base de la primera planta, había un nicho pequeño con un Mercurio de barro cocido, apoyado en una pierna, con alas en los pies y el caduceo en la mano. Hortense se fijó en que el dios se inclinaba excesivamente hacia delante y, por lógica, tendría que haber perdido el equilibrio y caer de cabeza a la calle.

—Allá vamos —dijo en voz baja.

Sujetó la manilla y entró.

A pesar del ruido de campanillas y cascabeles que hizo la puerta, no fue nadie a atenderla. La tienda parecía vacía. Pero, al fondo, tenía otra sección, y a continuación otra más, las dos llenas de objetos decorativos y muebles, muchos de ellos de alto valor. Hortense siguió un pasillo estrecho que serpenteaba entre dos paredes de armarios, consolas y cómodas, subió dos escalones y llegó a la última sección.

Allí encontró a un hombre delante de un secreter revisando registros.

—Ya estoy con usted... La señora puede mirar todo... —le dijo sin apartar la cabeza de los papeles. Esa sección parecía el laboratorio de un alquimista de la Edad Media, porque solo tenía artículos especiales: lechuzas disecadas, esqueletos, cráneos, alambiques de cobre, astrolabios y amuletos de todo el mundo colgados en la pared, sobre todo manos de marfil y de coral, con los dos dedos que conjuran la mala suerte levantados. Por fin, el señor Pancardi cerró el secreter, se levantó y preguntó—: ¿Busca algo en concreto, señora?

«Es él», pensó Hortense.

Era verdad, tenía la tez extraordinariamente mate. Una barba de chivo canosa, dividida en dos, le afilaba una cara triste, con una frente despejada y dos ojillos nerviosos, preocupados y huidizos, que echaban chispas.

Hortense respondió sin quitarse el velo del sombrero ni el abrigo:

—Busco un broche de corpiño.

—Aquí tiene la vitrina —le dijo, llevándola a la sección intermedia.

—No... No... Aquí no está lo que quiero. Yo no quiero cualquier broche, sino uno en concreto que desapareció hace tiempo de un joyero y vengo a buscarlo.

Le sorprendió mucho ver cómo se alteraban la expresión del hombre y su mirada despavorida.

—No entiendo... —balbuceó—. ¿Por qué me pide eso?

Hortense se quitó el velo del sombrero y el abrigo.

El hombre retrocedió como si hubiera visto algo que lo asustara mucho y murmuró:

—El vestido azul..., el sombrero... ¡Es imposible! ¡El collar de jade!

Quizá lo que más le impactó fue el látigo de tres varillas de junco. El hombre señaló con el dedo a Hortense, se tambaleó y, al final, golpeó el aire con los brazos como si fuera un nadador ahogándose, cayó en una silla y se desvaneció. Hortense no se movió: «Al margen de lo que haga ese hombre, tenga el valor de quedarse impasible». Aunque a lo mejor el hombre no estuviera fingiendo, ella se obligó a mantener la calma y mostrarse indiferente. Esa situación duró uno o dos minutos. Después, Pancardi se despertó del sopor, se secó el sudor que le bañaba la frente e, intentando dominarse, dijo con una voz temblorosa:

—¿Por qué me lo pide a mí?

—Porque usted tiene ese broche.

—¿Quién se lo ha dicho? —preguntó sin negar la acusación—. ¿Cómo lo sabe?

—Lo sé porque es así. Nadie me ha dicho nada. He venido con la certeza de encontrar mi broche aquí y con la voluntad implacable de llevármelo.

—¿Usted me conocía? ¿Sabe mi nombre?

—No lo conocía ni sabía su nombre antes de verlo en la tienda. Para mí, usted solo es el hombre que me devolverá lo que es mío.

Pancardi estaba muy nervioso. Daba vueltas por el pequeño espacio que dejaban unos muebles apilados en círculo y los golpeaba estúpidamente poniendo en peligro su equilibrio. Hortense sintió que lo dominaba y, aprovechando su desconcierto, le ordenó bruscamente y con un tono amenazante:

—¿Dónde está el broche? Tiene que devolvérmelo. Se lo exijo.

Pancardi vivió un momento de desesperación. Juntó las manos y le suplicó farfullando. Después, ya vencido, repentinamente resignado, dijo:

—¿Lo exige?

—Lo quiero y así debe ser...

—Sí, sí..., así debe ser..., lo acepto.

—¡Hable! —le ordenó con más dureza aún.

—No hablaré, pero escribiré... Voy a escribir mi secreto y todo acabará para mí. —Volvió al secreter, trazó frenéticamente unas líneas en una hoja y la selló—. Tenga, este es mi secreto... Era toda mi vida.

Y mientras lo decía se llevó con rapidez a la sien una pistola que había sacado de debajo de un montón de papeles y disparó.

Hortense, con un gesto ágil, le golpeó el brazo. La bala agujereó un espejo basculante. Pancardi se derrumbó y empezó a gritar como si estuviera herido.

Hortense hizo un gran esfuerzo por dominarse y no perder la sangre fría.

«Rénine me advirtió —pensó—. Es un teatrero: se ha quedado con el sobre y la pistola. No va a engañarme».

Pero era consciente de que, aunque aparentemente estuviera tranquila, la tentativa de suicidio y el disparo la habían desconcertado por completo. Tenía las fuerzas desunidas, como un haz al que han cortado los lazos, y la penosa sensación de que el hombre que se arrastraba a sus pies, en realidad, poco a poco iba recuperando ventaja.

Se sentó agotada. Como Rénine había vaticinado, el duelo solo duró unos minutos, pero fue ella la que sucumbió por culpa de los nervios, justo cuando podía creer que había triunfado.

Pancardi no perdió el tiempo y, sin tomarse la molestia de buscar una transición, dejó de quejarse, se levantó de un salto, esbozó una forma de entrelazado que dejó clara su flexibilidad y gritó con un tono burlón:

—Vamos a tener una breve conversación y me parece incómodo estar expuestos al primer cliente que aparezca, ¿no cree usted? —Corrió a la puerta de entrada, la dejó abierta, pero bajó la persiana metálica. Luego, siempre andando a saltitos, se acercó a Hortense—. ¡Buf! Estaba convencido de que me había llegado la hora. Señora, un poco más y gana la partida. Pero, por otra parte, qué ingenuo soy. Me pareció verla llegar de un rincón del pasado, para pedirme cuentas, como un mensajero de la Providencia, y estúpidamente iba a devolverle... ¡Ay, señorita Hortense! Permítame que la llame así, yo la conocía con ese nombre, señorita Hortense, le faltan agallas, como suele decirse. —Se sentó al lado de ella y con una expresión malvada le soltó cruelmente—: Ahora, vamos a hablar sinceramente. ¿Quién ha maquinado esta historia? Usted no, ¿eh? Entonces, ¿quién? En mi vida siempre he sido honrado, escrupulosamente honrado..., menos una vez..., ese broche. Y cuando ya creía que el asunto estaba muerto y enterrado, va y vuelve a salir a la superficie. ¿Cómo? Quiero saberlo. —Hortense ni siquiera intentó pelear. Pesaba sobre ella toda la fuerza, el rencor y el miedo de ese hombre y la amenaza que expresaba con unos gestos rabiosos y una expresión ridícula y malvada a la vez—. ¡Hable! Quiero saberlo. Si tengo un enemigo secreto, que pueda defenderme. ¿Quién es mi enemigo? ¿Quién la ha empujado? ¿Quién la ha obligado a actuar? ¿A mi adversario le exaspera mi suerte y también quiere beneficiarse del broche? Hable de una vez, maldita sea, o le juro por Dios...

Hortense imaginó que Pancardi hacía el gesto de coger la pistola otra vez y dio unos pasos hacia atrás con los brazos extendidos, con la esperanza de escaparse. Forcejearon y, de repente, cuando Hortense empezó a gritar cada vez más asustada, y no tanto porque ese hombre pudiera agredirla sino por su cara convulsa, Pancardi se quedó paralizado con los brazos hacia delante, los dedos separados, mirando por encima de la cabeza de Hortense, y dijo con una voz ahogada:

—¿Quién anda ahí? ¿Cómo ha entrado?

Hortense ni siquiera necesitó darse la vuelta para saber con toda seguridad que el intruso que había aparecido inexplicablemente y tanto asustaba al anticuario era Rénine, que acudía en su ayuda. De hecho, una figura delgada se deslizó por detrás de un montón de sillones y canapés y se acercaba tranquilamente. Pancardi repitió:

—¿Quién es usted? ¿De dónde ha salido?

—De ahí arriba —dijo Rénine, muy amable, señalando el techo.

—¿De ahí arriba?

—Sí, de la primera planta. Llevo tres meses viviendo en ese piso. Hace un momento, oí ruidos, alguien pedía ayuda, así que he venido.

—Pero ¿cómo ha entrado?

—Por la escalera.

—¿Qué escalera?

—La escalera de hierro que está al final de la tienda. El propietario anterior también vivía en mi piso y bajaba directamente a la tienda por esa escalera interior. Usted mandó condenar la puerta, pero yo la he abierto.

—¿Y con qué derecho, señor? Esto es allanamiento.

—Es legal allanar una propiedad para socorrer al prójimo.

—Se lo pregunto otra vez, ¿quién es usted?

—El príncipe Rénine, un amigo de la señora —respondió Rénine, inclinándose y besando la mano de Hortense.

—¡Ah, ya entiendo! Usted instigó el complot y envió a la señora...

—Sí, señor Pancardi, yo mismo.

—¿Y qué intenciones tiene?

—Mis intenciones son transparentes. Simplemente sostendremos una conversación, sin violencia, y después usted me entregará lo que he venido a buscar.

—¿Qué?

—El broche de corpiño.

—Eso nunca —dijo el anticuario con energía.

—No se niegue. Está cantado.

—Señor, nada en este mundo puede obligarme a hacer eso.

—¿Quiere que avisemos a su mujer? Probablemente, la señora Pancardi comprenderá la situación mejor que usted. —La idea de no enfrentarse solo al contrincante imprevisto pareció gustar a Pancardi. A su lado, había un timbre. Lo tocó tres veces—. ¡Perfecto! —exclamó Rénine—. Ve usted, querida amiga, el señor Pancardi es muy amable. Ya no tiene nada de ese fiero diablo que la aterrorizaba hace un momento, le basta con enfrentarse a un hombre para recuperar la educación y la bondad. ¡Es un gallina! Lo que no significa que la situación vaya a resolverse sola. ¡Ni mucho menos! No hay nadie más empecinado que un gallina...

Al fondo de la tienda, entre el secreter del anticuario y la escalera de caracol, se levantó un tapiz y dejó el paso libre a una mujer que sujetaba una puerta. Andaría por los treinta años. Vestía muy sencilla, con un delantal que la hacía parecer más la cocinera que la señora de la casa, pero tenía una cara simpática y una actitud cordial.

Hortense, que había seguido a Rénine, se quedó atónita cuando reconoció a la mujer: era una doncella que trabajó en su casa cuando Hortense estaba soltera.

—¡Cómo! Lucienne, ¿es usted? ¿Usted es la señora Pancardi?

La recién llegada miró a Hortense y también la reconoció; parecía muy incómoda. Rénine le dijo:

—Señora Pancardi, su marido y yo la necesitamos para zanjar un asunto bastante complicado…, asunto en el que usted desempeñó una función importante.

La mujer se acercó sin decir ni una palabra, visiblemente preocupada, y le dijo a su marido, que no le quitaba los ojos de encima:

—¿Qué pasa? ¿Para qué me quieren? ¿Qué asunto es ese?

Pancardi solo respondió con unas palabras en voz baja:

—El broche…, el broche de corpiño…

No hizo falta más para que la señora Pancardi se diera cuenta de que la situación era grave. No intentó disimular ni protestar inútilmente. Se derrumbó en una silla y suspirando soltó:

—Bueno, ya está, ahora lo entiendo, la señorita Hortense ha encontrado la pista… ¡Ay, estamos perdidos!

Hubo un momento de tregua. Cuando aún apenas había empezado la lucha entre los contrincantes, el matrimonio estaba vencido y solo confiaba en la clemencia del vencedor. La mujer inmóvil, con la mirada perdida, se echó a llorar. Rénine se inclinó sobre ella y le dijo:

—Vamos a poner las cosas en su sitio, ¿le parece bien, señora? Lo veremos todo más claro y estoy seguro de que nuestra conversación nos llevará a una solución lógica. Esta es la situación: hace nueve años, cuando usted servía en provincias, en casa de la señorita Hortense, conoció al señor Pancardi y pronto se hicieron amantes. Ustedes dos son corsos, es decir, de una tierra con férreas supersticiones, donde la buena suerte y la desgracia, el mal de ojo y la mala suerte influyen profundamente en la vida de todos. Pues bien, estaba comprobado que el broche de la señora siempre había dado buena suerte a su dueño. Por eso, en un momento de debilidad, y animada por el señor Pancardi, robó la joya. Seis meses después, dejó su trabajo y se casó con su amante. Este es un breve resumen de toda su aventura, ¿no es así? La aventura de dos personajes que seguirían siendo honrados si hubieran podido resistir esa tentación pasajera.

»No hay ni que decir que los dos han triunfado en la vida y que, como creían en el poder de ese talismán y confiaban en ustedes mismos, han escalado hasta lo más alto en el negocio de la chamarilería. Hoy son ricos, propietarios de la tienda El Dios Mercurio, y atribuyen el éxito de sus proyectos al broche. Concentran toda la vida en el broche, es su fetiche, el pequeño dios de la familia que los protege y aconseja. El broche está aquí, escondido en alguna parte entre este revoltijo de cosas, y, por supuesto, si yo no me hubiera entrometido por casualidad en sus asuntos, ustedes no serían sospechosos de nada, porque insisto, salvo por ese error, son buena gente. —Rénine hizo una pausa y continuó—: De eso hace ya dos meses. Llevo dos meses investigando minuciosamente. Fue fácil porque, cuando di con la pista del broche, alquilé la entreplanta y así podía bajar a la tienda por la escalera interior, pero han sido dos meses hasta cierto punto perdidos, porque todavía no lo he encontrado. ¡Y Dios sabe cómo he revuelto su tienda! No hay ni un mueble que no haya revisado ni una lámina del parqué que no haya examinado. Todo inútil. Aunque sí he descubierto algo accesorio. Señor Pancardi, en un casillero de su secreter encontré un cuadernito donde desmenuza sus remordimientos y preocupaciones, su miedo al castigo y a la ira divina.

»Una gran imprudencia, Pancardi. ¿Cree usted que esos testimonios se escriben? Y, sobre todo, ¡no se dejan por ahí tirados! En cualquier caso, los leí y destaqué esta frase, cuya importancia no se me escapó y me sirvió para preparar mi plan de ataque:

»"Que venga a mí aquella a la que desposeí, que venga a mí como la veía en su jardín, mientras Lucienne robaba la joya. ¡Que se me aparezca con un vestido azul, un sombrero con follaje rojizo, el collar de jade y el látigo de tres varillas de junco trenzadas que llevaba ese día! Que se me aparezca así y me diga: 'Vengo a reclamar lo que es mío'. Entonces sabré que Dios inspira ese proyecto y que debo obedecer las órdenes de la Providencia".

»Eso escribió en su cuaderno, señor Pancardi, lo que explica el comportamiento de la que usted llama señorita Hortense. Ella vino del pasado con mis instrucciones y la sencilla puesta en escena que usted mismo había imaginado, vino "de un rincón del pasado", como usted dijo. Sabe muy bien que con un poco más de sangre fría, la señora habría ganado la partida. Por desgracia, usted es un teatrero de tomo y lomo y el intento de suicidio la desorientó. Entonces se dio cuenta de que aquello no era ninguna orden de la Providencia, sino sencillamente una ofensiva de su antigua víctima. Así que me tocó a mí intervenir, y aquí estoy. Ahora acabemos con este asunto:

»Pancardi, el broche.

—No —respondió el anticuario. La idea de perder el broche le hizo recuperar la firmeza.

—¿Y usted, señora Pancardi?

—No sé dónde está —aseguró la mujer.

—Bueno, entonces pasemos a la acción. Primer punto: señora Pancardi, usted tiene un hijo de siete años, al que quiere con toda su alma. Hoy jueves, como, de hecho, todos los jueves, su hijo vendrá solo de casa de su tía. Tengo dos amigos apostados en su camino y, salvo contraorden, van a secuestrarlo.

La señora Pancardi enloqueció inmediatamente.

—¡Mi hijo! ¡No, se lo ruego..., no, eso no...! Le juro que yo no sé nada. Mi marido nunca confió en mí.

Rénine siguió amenazando:

—Segundo punto: esta misma tarde, presentaré una denuncia en el ministerio fiscal y entregaré como prueba el cuaderno con los testimonios del señor Pancardi. Cuáles son las consecuencias: una actuación judicial, el registro de la tienda, etcétera.

Pancardi guardó silencio. Daba la impresión de que las amenazas no le afectaban y que se creía invulnerable porque lo protegía su fetiche. Pero su mujer se tiró a los pies de Rénine balbuceando:

—No, no, se lo suplico, iré a la cárcel y no quiero. Y mi hijo, ¡ay, se lo suplico!

Hortense se compadeció de la mujer y se llevó aparte a Rénine.

—¡Pobre mujer! Por favor, no le haga nada.

—Tranquilícese —le respondió riendo—, al hijo de esta señora no le pasará nada.

—Pero ¿los amigos que lo esperan en el camino?

—Pura invención.

—¿Y la denuncia a la fiscalía?

—Una simple amenaza.

—Entonces, ¿qué pretende?

—Asustarlos, sacarlos de su ensimismamiento, y esperar que se les escape una palabra que me dé información. Lo hemos intentado por todos los medios. Solo nos falta esto, un método que casi siempre da resultado. Recuerde nuestras aventuras.

—¿Y si no dicen lo que usted quiere?

—Tienen que decirlo —aseveró Rénine, con una voz sorda—. Hay que acabar con este asunto. La hora se acerca.

Se miraron a los ojos y Hortense se sonrojó, pensando que se refería a las ocho de la noche, y que el único objetivo de Rénine era acabar con esa situación antes de que dieran las ocho.

—Así están las cosas —dijo Rénine, dirigiéndose al matrimonio—: Pancardi, por un lado, se arriesga al secuestro de su hijo y a ir a la cárcel... Sin ninguna duda, el cuaderno con la confesión le llevará a la cárcel. Y, por otro lado, le ofrezco veinte mil francos si me devuelve inmediatamente el broche. Tampoco vale el oro y el moro. —Pancardi no respondió y su mujer seguía llorando. Rénine insistió, espaciando las ofertas—: El doble..., el triple... Santo Dios, qué exigente es usted, Pancardi. Bueno, ¿quiere una cifra redonda? De acuerdo, cien mil.

Rénine estiró la mano a Pancardi como si no tuviera la menor duda de que le entregaría la joya.

La señora Pancardi cedió la primera y lo hizo con una repentina rabia contra su marido:

—¡Confiesa de una vez! ¡Dilo! ¿Dónde lo escondiste? Por Dios, ¿no pensarás callarte? Sería la ruina, la miseria. ¿Y nuestro hijo? Vamos, habla...

Hortense murmuró:

—Rénine, esto es una locura, la joya no vale nada.

—No se preocupe —le respondió Rénine—, no aceptará... Pero mírelo. ¡Mire su estado de nerviosismo! Exactamente lo que quería. ¡Ay!, esta situación, lo ve, es apasionante. ¡Desquiciar a las personas! ¡Arrebatarles todo el control de lo que piensan y de lo que dicen! Y en ese caos, en la tormenta que las sacude, percibir la chispa que saltará de alguna manera. ¡Mírelo! ¡Mírelo! Cien mil francos por una piedra que no vale nada frente a la alternativa de la cárcel. ¡Es para darle vueltas a la cabeza!

En realidad, el hombre estaba lívido, le temblaban los labios y se le caía un poco la baba. Podía adivinarse cómo se alteraba, cómo se alborotaba todo su ser y cómo lo agitaban los sentimientos contradictorios enfrentados: el miedo y la codicia. De repente, estalló; verdaderamente era fácil darse cuenta de que hablaba sin pensar y sin conciencia de lo que decía:

—¡Cien mil! ¡Doscientos mil! ¡Quinientos mil! ¡Un millón! Me da igual. ¿Dos millones? Para qué sirven dos millones. Se pierden, desaparecen, se van volando... Lo único importante es tener la suerte a tu favor o en contra. Desde hace nueve años, la suerte me favorece. La suerte jamás me ha traicionado, ¿y ustedes quieren que yo la traicione? ¿Por qué? ¿Por miedo? ¿La cárcel? ¿Mi hijo? ¡Tonterías! Mientras obligue a la suerte a trabajar para mí, no me pasará nada malo. Es mi servidora, mi amiga. Y está en el broche. ¿Cómo? ¡Yo qué sé! Probablemente será la coralina. Hay piedras milagrosas que llevan dentro la felicidad, igual que otras tienen fuego, azufre u oro.

Rénine no le quitaba los ojos de encima, atento a todas sus palabras y a los tonos. El anticuario se había echado a reír, con una risa nerviosa, al tiempo que recuperaba el aplomo de alguien que se siente seguro de sí mismo. Se percibía que aumentaba su determinación en los gestos bruscos que hacía, mientras daba vueltas delante de Rénine.

—¿Dos millones? Querido amigo, no los quiero. El trocito de piedra que tengo vale mucho más. Y la prueba es todos los esfuerzos que hacen para quitármela. ¡Ay, ay! Usted mismo lo ha confesado, meses investigando. Durante dos meses lo ha revuelto todo mientras que yo, que no sospechaba nada, ni siquiera me protegía. ¿Por qué iba a protegerme? Esa cosita se protege sola... No quiere que la encuentren y por eso nadie lo hará. Aquí está muy bien. Preside los negocios buenos y leales que la satisfacen. ¿La suerte de Pancardi? La conoce todo el barrio, todos los anticuarios, y yo la pregono a los cuatro vientos: «Tengo la suerte de mi parte». ¡Hasta me atreví a elegir como patrón al dios de la suerte, Mercurio! Él también me protege. Fíjese, he puesto mercurios por todas partes en la tienda. Mire ahí arriba, en esa estantería, una serie de estatuillas como la de la fachada; son pruebas de un gran escultor que se arruinó y me las vendió. Mi querido amigo, ¿quiere una? También le traerá suerte. Elija. Un regalo de Pancardi para compensarle por su fracaso. ¿Le parece bien? —Apoyó una escalera en la pared, debajo de la estantería, cogió una estatuilla, bajó y la puso en brazos de Rénine. Reía con más fuerza y estaba bastante más sobreexcitado, porque parecía que el enemigo aflojaba el ataque impetuoso y reculaba; entonces exclamó—: ¡Bravo! ¡Lo acepta! Y si lo acepta es porque todos estamos de acuerdo. Señora Pancardi, no te agobies, tu hijo volverá a casa y no iremos a la cárcel. Adiós, señorita Hortense... Adiós, señor. Cuando quiera saludarme, dé tres golpes en el techo. Adiós... Llévese el regalo ¡y que Mercurio le favorezca! Adiós, querido príncipe. Adiós, señorita Hortense...

Los empujaba hacia la escalera de hierro y, cogiéndolos del brazo, los llevaba hacia la puerta baja oculta detrás de la escalera.

Y lo más extraño es que Rénine no protestó. No hizo ni un gesto para resistirse. Se dejaba llevar como un niño castigado, al que ponen en la puerta.

Desde que Rénine ofreció dinero a Pancardi y el momento en que Pancardi, triunfante, lo echaba a la calle con una estatuilla en la mano, no habían pasado ni cinco minutos.

El comedor y el salón del entresuelo que Rénine había alquilado daban a la calle. En la mesa del comedor había dos cubiertos.

—Perdone estos preparativos —le dijo Rénine a Hortense, invitándola a pasar al salón—. Pensé que, quizá, los acontecimientos me permitirían recibirla esta noche y que podríamos cenar juntos. No me niegue el favor, que será el último de nuestra última aventura.

Hortense no se negó; estaba desconcertada por cómo había acabado la batalla, lo opuesto de lo que había vivido hasta ese día. Además, ¿por qué iba a negarse? Las condiciones del pacto no se habían cumplido. Rénine se retiró para dar algunas órdenes al servicio. A los dos minutos fue a buscar a Hortense y la llevó al comedor. En ese momento eran más o menos las siete de la tarde. En la mesa había flores y en medio estaba la estatuilla de Mercurio, que le había regalado Pancardi.

—¡Que el dios de la suerte presida nuestra cena! —exclamo Rénine. Estaba muy contento y expresó toda la felicidad que sentía por tener sentada enfrente a Hortense—. ¡Ay! ¡Qué mala voluntad tiene! La señora me ha tapiado su puerta, la señora ya no me escribe. Francamente, querida amiga, ha sido cruel y me ha hecho sufrir mucho. También he tenido que tomar medidas drásticas e incentivarla con proyectos fabulosos para traerla hasta aquí. ¡Confiese que mi carta era muy ingeniosa! Las tres varillas, el vestido azul... ¡Imposible resistirse! Además, añadí algún misterio de mi cosecha: las setenta y cinco perlas del collar, la anciana del rosario de plata..., bueno, lo necesario para que la tentación fuera irresistible. No me lo reproche. Quería verla y eso hago. Ha venido. Gracias. —Luego le contó cómo había encontrado la pista de la joya robada—. ¿Esperaba imponerme una condición imposible de cumplir? Gran error, querida amiga. La prueba, al menos al principio, fue fácil, porque se basaba en un hecho cierto: el broche se consideraba un talismán. Bastaba con buscar en su entorno o entre sus criados a alguien al que esa característica pudiera atraer. Pues bien, conseguí elaborar una lista de personas y pronto me fijé en el nombre de la señorita Lucienne, de origen corso. De ahí partí. Después, todo fue encadenándose.

Hortense lo miraba sorprendida. ¿Cómo podía ser que Rénine aceptara la derrota con un aire indolente y que hablase como si hubiera triunfado, cuando, en realidad, el anticuario lo había vencido claramente y lo había ridiculizado un poco?

No pudo evitar señalárselo con un tono un poco humillante, que expresaba cierta decepción:

—Todo fue encadenándose, de acuerdo, pero luego la cadena se rompió, porque, a fin de cuentas, aunque sabe quién es el ladrón, no ha conseguido el objeto robado.

El reproche era manifiesto. Rénine no la había acostumbrado al fracaso. Y a Hortense aún le irritaba más ver la indiferencia con la que se resignaba al fiasco que, en definitiva, significaba la ruina de las esperanzas que hubiera podido albergar.

Rénine no le respondió. Había llenado dos copas de champán y bebía una lentamente, sin despegar la mirada de la estatuilla del dios Mercurio. La giró en su pedestal, como un espectador regocijándose.

—¡Qué admirable objeto, qué línea tan armoniosa! Más que el color, me apasiona la línea, la proporción, la simetría y todo lo que tiene de maravilloso su forma. Igual que amo el color azul de sus ojos y el color rojo de su pelo. Pero lo que más me emociona es el óvalo de su cara, la curva de la nuca y los hombros. Mire esta estatuilla; Pancardi tiene razón: es obra de un gran artista. Las piernas son finas, pero a la vez están sólidamente musculadas. Toda la silueta da la impresión de ímpetu y rapidez. Está muy bien, aunque tiene un defecto, casi imperceptible; quizá usted ni se ha fijado.

—Sí, sí —aseguró Hortense—. Me llamó la atención en cuanto lo vi fuera, en la fachada. ¿Se refiere a esa especie de desequilibrio? El dios está demasiado inclinado sobre la pierna de apoyo. Parece que va a caer hacia delante.

—Enhorabuena —dijo Rénine—. El defecto es imperceptible, hace falta un ojo experimentado para darse cuenta. Pero así es, por lógica, el peso del cuerpo debería vencerlo y lógicamente, según las leyes de la física, el diosecillo tendría que caerse de cabeza. —Rénine guardó silencio y luego siguió hablando—: Yo me fijé el primer día. Así que, ¿cómo no iba a sacar conclusiones? Me sorprendió el pecado contra una ley estética, cuando tendría que haberlo hecho el fallo de una ley física. ¡Como si el arte y la naturaleza no fueran uno! Y como si pudiera alterarse la ley de la gravedad sin una razón poderosa...

—¿Qué quiere decir? —preguntó Hortense. Esas reflexiones tan ajenas a sus pensamientos secretos habían despertado su curiosidad—. ¿Qué quiere decir?

—Bueno, nada —respondió Rénine—. Solo que me sorprende no haberme dado cuenta antes de por qué Mercurio no se caía de cabeza, como debería hacer.

—¿Y por qué?

—¿El motivo? Me imagino que Pancardi, toqueteando la estatuilla para que se amoldara a su cometido, habrá alterado su equilibrio, pero el diosecillo lo ha recuperado, porque hay algo que lo sujeta atrás y compensa la postura realmente arriesgada.

—¿Qué?

—Bien. En este caso la figurilla podría estar sellada. Pero no lo está, y lo sé porque he visto que Pancardi, subido a una escalera, la levanta y la limpia cada dos o tres días. Así que solo queda otra posibilidad: el contrapeso.

Hortense empezaba a entender, se estremeció y murmuró:

—¡Un contrapeso! ¿Y usted cree que está... en el pedestal?

—¿Por qué no?

—¿Es posible? Pero, entonces, ¿cómo iba a darle Pancardi esa estatuilla?

—No me dio *esa* —aseguró Rénine—. Esa la cogí yo.

—¿Cuándo? ¿Cómo?

—Hace un instante, cuando usted me esperaba en el salón. Me asomé a esta ventana, que está justo encima del cartel, al lado del nicho del diosecillo, y di el cambiazo. Es decir, cogí la estatua de fuera que me interesaba y coloqué la que me había dado Pancardi, que no me interesaba en absoluto.

—Pero esa no se inclina hacia delante.

—No, ni tampoco las de la estantería de la tienda. Pero Pancardi no es un artista. Un defecto de verticalidad no le llama la atención, él solo verá luz y seguirá creyendo que la suerte le favorece, que es lo mismo que decir que la suerte lo seguirá favoreciendo. Mientras tanto, aquí está la estatuilla, la del cartel. ¿Tengo que romper el pedestal y sacar su broche del estuche de plomo soldado que equilibra al dios Mercurio por detrás?

—¡No, no! No vale la pena —respondió rápidamente en voz baja.

En ese preciso instante, la intuición y la sutileza de Rénine, la habilidad con la que había manejado el asunto, todo quedaba eclipsado para

Hortense. De repente pensó que la octava aventura había acabado, que no había terminado el plazo de la última prueba y que Rénine utilizaría las pruebas en su provecho.

Además, él tuvo la crueldad de señalar:

—Son las ocho menos cuarto. —Se hizo un tenso silencio, que incomodó a los dos hasta el punto en que dudaban hacer el mínimo movimiento. Para romperlo, Rénine dijo bromeando—: ¡Ay, ese Pancardi, qué bueno ha sido al darme la información! De todos modos, estaba seguro de que si lo exasperaba acabaría sacando de sus palabras la pequeña indicación que me faltaba. Es exactamente como poner un encendedor en manos de alguien e insinuarle la orden de utilizarlo. Al final, salta la chispa. En mi caso, lo que la hizo saltar fue cómo Pancardi relacionó inconsciente, pero inevitablemente, el broche de coralina, principio de suerte, con Mercurio, dios de la suerte. Eso me bastó. Entendí que esa asociación de ideas procedía del hecho de que, en la realidad, él había asociado las dos suertes y había incorporado una en otra, es decir, para hablar claro, que había escondido la joya en el propio bloque de la estatuilla. Y al instante me acordé del Mercurio del exterior y del defecto de equilibrio...

Rénine se interrumpió bruscamente; le parecía que su explicación caía en el vacío. Hortense había apoyado una mano en la frente, así ocultaba sus ojos, y seguía inmóvil, muy distante.

En realidad, no lo escuchaba. El desenlace de esa aventura y la forma de actuar de Rénine, en esta ocasión, ya no le interesaban. Hortense pensaba en el conjunto de las aventuras que había vivido desde hacía tres meses y en el comportamiento extraordinario del hombre que le había ofrecido su devoción. Hortense veía, como en una pizarra mágica, los actos fabulosos que había llevado a cabo Rénine, todo el bien que había hecho, las vidas que había salvado, el dolor que había apaciguado, los crímenes que había castigado y el orden que había reestablecido allá donde ejercía su voluntad de maestro. Para él no había nada imposible. Lo que empezaba, lo terminaba. Alcanzaba todos los objetivos que se proponía. Y todo sin esforzarse excesivamente, con la tranquilidad de quien es consciente de su poder y sabe que nada se le resistirá.

Entonces, ¿qué podía hacer ella contra él? ¿Por qué y cómo defenderse? Si él le exigía que se sometiera, ¿no sabría obligarla? Y la aventura final, ¿sería para él más difícil que las otras? Además, suponiendo que se escapara, ¿habría algún refugio en la inmensidad del universo donde estaría a salvo de él? Desde el primer instante en que se conocieron, el desenlace estaba garantizado porque Rénine había decidido que fuera así.

No obstante, Hortense seguía buscando armas, protección, y pensaba que, aunque él hubiera cumplido las ocho condiciones y le hubiera devuelto el broche de coralina antes de que dieran las ocho de la noche, a ella le protegía el hecho de que las ocho debían sonar únicamente en el reloj del castillo de Halingre. El pacto era formal. Ese día, Rénine le dijo mirando los labios que deseaba: «En el preciso instante en el que suene la octava campanada de este reloj, y sonará, esté segura, porque este viejo péndulo de bronce ya no se detendrá, usted estará obligada a concederme...».

Hortense levantó la cabeza. Rénine tampoco se movía, esperaba serio y tranquilo.

Ella estuvo a punto de decirle, incluso preparó las palabras: «¿Sabe?, nuestro acuerdo exige que suene el reloj de Halingre. Ha cumplido todas las condiciones menos esa. Así que soy libre, ¿verdad? Estoy en mi derecho de no mantener una promesa, que además no hice, y que, de todos modos, se cae por su propio peso... ¿Soy libre?, ¿me libera de cualquier escrúpulo de conciencia...?».

No le dio tiempo a hablar. En ese segundo exacto, oyó a su espalda cómo se activaba un mecanismo igual al de un reloj a punto de dar las campanadas.

Sonó la primera, luego la segunda, luego la tercera.

A Hortense se le escapó un gemido. Había reconocido el timbre del antiguo reloj de Halingre que, al romper de una manera sobrenatural el silencio del castillo abandonado, los había empujado por el camino de las aventuras.

Hortense contó las ocho campanadas que dio el reloj.

—¡Ay! —murmuró extenuada y ocultando la cara entre las manos—. El reloj..., este reloj es el que estaba allí... Reconozco el sonido.

No dijo nada más. Adivinó que Rénine la miraba y que esa mirada le robaba todas sus fuerzas. En realidad, podría haberlas recuperado si hubiera sido más valiente y si hubiera intentado oponer algo de resistencia, pero no quería resistirse. Las aventuras habían terminado, pero quedaba una por vivir, cuya expectativa borraba el recuerdo de todas las demás. Era la aventura del amor, la más deliciosa, la más turbadora, la más adorable de todas. Hortense aceptó la orden del destino, feliz por todo lo que podría pasar, porque lo amaba. Sonrió a su pesar, pensando que la alegría volvía a su vida en el mismo instante en el que su amor le entregaba el broche de coralina.

El timbre del reloj sonó por segunda vez.

Hortense miró a Rénine. Siguió debatiéndose unos segundos. Pero estaba como un pájaro fascinado, incapaz de un gesto de rebeldía, y, cuando sonó la octava campanada, se entregó a él ofreciéndole sus labios...

TÍTULOS DE LA COLECCIÓN:

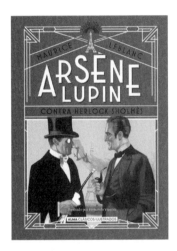

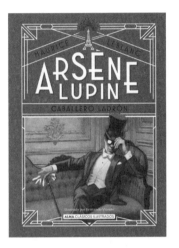

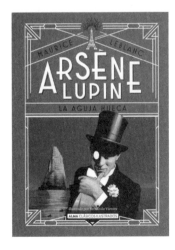

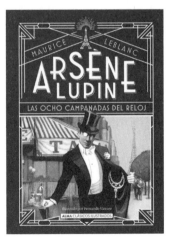

Ch.

Porte des Pres
St. Gervais

Po
Ro

Monffaucon

Serrurier

Botzaris

Butte Chaumont

Rue de la Villette

R. de

R. de

Rue

Bolivar

Fessart

Orimee

Ch.

Belleville

Rue

Haxo

Rue

BELLEVILLE

Rue

de

Boulevard

Mortier

ée aux Belles

Villette

Hospice
St. Louis

Rue

Theatre

Rue

Ch,

Rue St.

Fargeau

Rue

Napoleon
Docks

Rue

Faubourg du Temple

St.

B. de Belville

Rue

Ch, de

Menilmontant

Station

de

de Charonne

de la

Boulevard

Maur

Oberkampf

Menilmontant

Avenue

Rue Belgrand

Boulevard

de

Rue

de la

Boulevard

Republique

Boulevard

Tunnel

CHARONNE

Begnolet

Boulevard

Beaumarchais

Richard.

Abattoir

R. des Amandiers

Prison

de

**Pere la Chaise
Cemetery**

Chapel

Ch.

Rue

R.

Florian

Station de
Charonne

Poul.

Rue de Lenoir

Chemin Vert

Prison

des

Rue

de la Roquette

Ledru

de Charonne.

Ch.

Voltaire

Menilmontant

Avenue Philippe Auguste

Boulevard

Fontarabie

Pyrenees

Av

Pl. de la
Bastille

Vincennes
Ry. Sta.

Rue

du

Faubourg

Rue

de

Montreuil

Rue

de Charonne

Rue

d'

Petit Charonne

Rue de Lyon

Rue

St. Antoine

**Place de
la Nation**

Rue

de

Lagny

Boul Contrescarpe

Avenue

Rue

Charenton

Diderot

Rue

Cours de Vincennes

Prison

Boul.

de Reuilly

Boul.

Ar. du
Bel Air

Ar. da

Rue de Picpus

de Mande

de

**Lyons
Railway
Station**

Daumesnil

Bel Air

Avenue

Jean
St.

Quai de la Rapee

de

Bercy

Rue

de

Reuilly

Station de
Bel-Air

d'Aus

Rapee

Bd.

de Berc

Reuilly

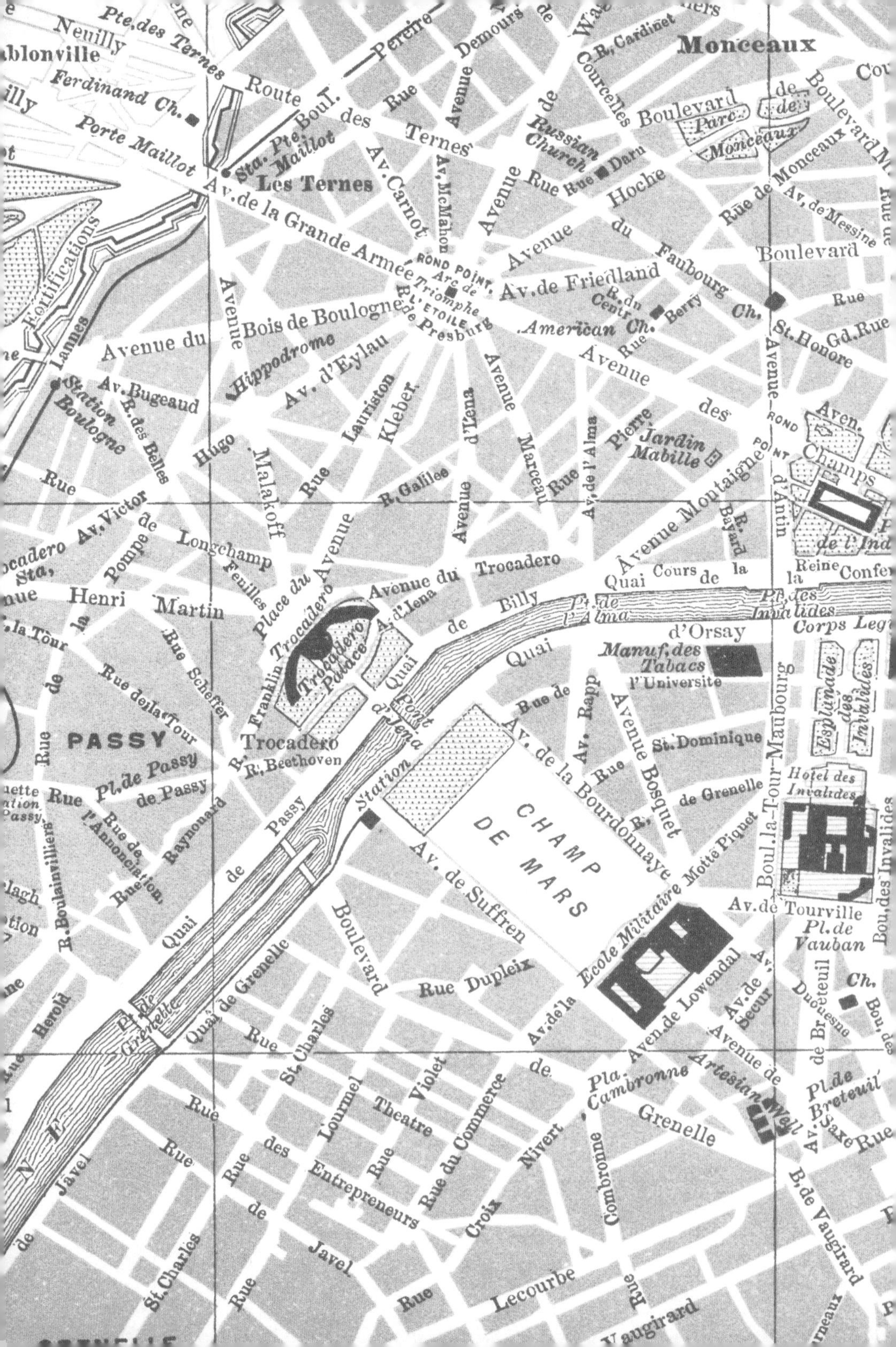